攀枝花市的崛起

李正翠 / 著

江西人民出版社
Jiangxi People's Publishing House
全国百佳出版社

图书在版编目（CIP）数据

攀枝花市的崛起/李正翠著. — 南昌：江西人民出版社，2016.3

ISBN 978-7-210-08261-3

Ⅰ.①攀… Ⅱ.①李… Ⅲ.①回忆录—中国—当代 Ⅳ.①I251

中国版本图书馆 CIP 数据核字（2016）第 046360 号

攀枝花市的崛起

李正翠 著

责任编辑：周伟平
出　　版：江西人民出版社
发　　行：各地新华书店
地　　址：江西省南昌市三经路 47 号附 1 号
编辑部电话：0791-86898054
发行部电话：0791-86898893
邮　　编：330006
网　　址：www.jxpph.com
2016 年 3 月第 1 版　2016 年 3 月第 1 次印刷
开　　本：880×1230 毫米　1/32
印　　张：6.25
字　　数：100 千字
ISBN 978-7-210-08261-3
赣版权登字—01—2016—312
版权所有　侵权必究
定　　价：28.00 元
承 印 厂：南昌市红星印刷有限公司
赣人版图书凡属印刷、装订错误，请随时向承印厂调换

刘祥官与李吉鸾 1996 年 5 月在西湖

杭州雷锋塔，左一作者，后李正云，左二李正琴，右一张其秀

（三口之家）从右至左，李思雄，其妻冉小青，其子李昱杉

左一郑枫的女儿姚远，左二郑的孙女，左三郑枫，右一作者的丈夫蔡耀志，右二作者外孙女朱珏熹，右三作者，杭州龙井壹号餐厅留影

市中心广场

左毛瀚冉、右毛勇

全家福，右一张云川之妻，右二张云川，右三张父，右四张云川之子，右五张云川母吴老师

（市中心广场合影）左至右，蔡耀志，李正翠，贾晓红

（师生情）从左至右前排，李恒健，钟莉，崔坤燕，李正翠，钟礼彬，后排左张龙君，中蔡耀志

（亲情）前排左起，曾丽，孙建蓉，李正琴，李正翠，李正云，冉靖非，李正英，唐雪枚；后排左起冉少先，胡继承，蔡耀志，冉友先，冉蓉平

（最高点花的海洋）从左至右，李正英，李正翠，李正琴

马踏飞燕奖碑

（五兄弟姐妹）前排从左至右，李正琴，李正翠，李正英；后左胡继承，右李正云

建川博物馆，图左胡继承，右蔡耀志

前言

一、本书映射出来的均是作者亲历、目睹的真实事件。也有的是亲朋好友，或者是最爱的学生用生命演绎的真实事例。

二、书中列举了100多位人的真实姓名（不包括哈雷彗星观测人员表格中的那50多人的名字）。那100多人中，有大人物：新中国缔造者的伟人——毛泽东、周恩来、朱德……还有拨乱反正、"改革开放的总设计师"邓小平；还有美国总统尼克松、卡特。

那100多位人的名字中有不少小人物。最小的是我那位不满周岁的女儿文艳，因出麻疹而夭折在大东北的北大荒的黑土地上了。

三、书中还出现了10多位"化名"人物，有的是我忘记了他们的姓名，也有的是为了保护他们的隐私而用化名的。

四、感谢浙江大学教授、研究员、研究所所长、特级专家刘祥官老师。他提供了攀枝花钢铁公司在那50年中的建设历史的一部分可歌可泣的英雄人物的一些素材，给予我雪中送炭般的帮助。更可贵的是刘祥官老师在百忙中亲笔批改本书中的重要章节。

感谢原任攀矿党委宣传部部长、"攀矿日报社"总编——这位坚强女性郑枫的两篇如诗如画的好文章！这是她用血泪、用汗水、用她丈夫及亲人的生命撰写的最美的赞歌呀！

还得感谢我 27 年前教过的张云川同学。他在读高二期间，是我"天文小组"的骨干力量。在这 27 年中，我搬过 10 多次家，畅游了美国、俄罗斯、日本、英国、阿布扎比、迪拜……几十个国家，也就是说行程过几十万里路，可能要丢失许多东西。唯独没有丢失的是信心和永远向前的力量，这也包括张云川同学 27 年前获奖作品的原件。如今，把他的作品展现在本书中，让我们共同回味那段艰辛而又甜蜜的往事。

五、书中的数据和国家发生过的重大历史事件，如战争等各方面的资料，均是来自于解密文件或从档案馆中索取的。另外，本书配有 127 张相片。部分相片收藏于本书内，是用来反映事物的真实性。请原图摄影者谅解。

此书是给攀枝花人建市 50 周年的献礼，但愿中国人能在正能量的影响下圆自己的梦。

李正翠

2015 年 6 月 26 日

目 录

第一章　战火中崛起的中国　1

第二章　开辟不毛之地　30

第三章　攀西大会战　39

第四章　光辉灿烂的群星　55

第五章　继续移民　85

第六章　山沟沟里的娃娃　106

第七章　我们的课外活动　114

第八章　拔地而起　139

第九章　18年后回乡记　152

第一章
战火中崛起的中国

1949年10月1日，新中国成立啦！随之而来的是百业待兴。重建家园的任务迫在眉睫……然而新中国仍然面临着战争！战争！让我们一起来回忆过去吧。

第一节 近百年经历过的苦难史

自从推翻了清王朝那天开始，华夏大地就没有停止过战争。虽然推翻了几千年以来的中国人民受皇帝统治天下的旧制度，可随之而来的是军阀混战，抢占地盘，自立一派，靠手中的枪支弹药去攻打另一派军队。有钱的土豪劣绅也组织起自己的武装力量，以防御入侵的外来者。也有穷苦百姓，穷得难以生存下去，被逼迫隐蔽到了山峦的密林之中，效仿古代水泊梁山的英雄好汉，干起了打家劫舍、杀富济贫的营生……不管是官方，还是民间，这都是中国人的窝里斗。没有一个能统一，能公正为民的政党。政府官员更是升官发财，贪污腐败到了极点，根本没有能力去平息中国人之间的相互杀掳的混战战火，使偌大一个中国，完全失去了防御外敌入侵的能力。他们看不到日本军国主义像瘟疫、病毒一样，已经漫延到中华大地了。

1894年，中日甲午战争中，中国军队惨遭失败后，日本出兵轻而易举地占领了中国领土——台湾岛及其附近的岛屿，长达60多年呀。

1931年，日本军队发动了"九一八事变"，侵占了我东北三省。1937年又策划了"七·七"卢沟桥事变，挑起了全面侵华战争。紧跟其后的是日军占领了东南沿海的许多城市。日军入侵华夏大地如猛兽、魔鬼，还扬言"三个月内侵占全中国"。

1937年11月5日，日本军人依仗着手中的先进武器，凭借日本的坚船利炮，在杭州湾攻克了一个缺口。日本人

1937年11月5日晨，日军出动军舰80余艘，以三个师团的兵力在杭州湾的金山卫与全公亭之间登陆

的军舰从杭州湾登陆了！从此，日本侵略者的铁蹄踏上了浙江大地。

1937年12月24日，富阳城陷入敌手，就是现在的授降镇驻扎着日军的军营。从此，这一带村庄都变成魔鬼地狱，变成杀害中国人的屠宰场。

尽管英勇的浙江儿女们顽强抵抗日本侵略，但由于手中武器落后，寡不敌众的反抗无济于事。最后，还是受到了日本侵略军人的暴虐蹂躏，许多浙江儿女惨遭日军凶残的、血醒的屠杀。

申子娥，女（1915— ），农民，金华市金东区雅畈镇二村人。1942年7月，日军飞机播洒细菌之后，她的脚就起了疹子并变黑、腐烂。从此，烂脚再也没有好过

1941年10月至12月，浙江义乌出现日本投下的细菌感染病例130多人。感染鼠疫100多人，其他中毒死亡100多人。

1942年7月，浙江金华市东区雅畈镇二村人，申子娥女士，在27岁时遭受日本军用飞机投洒的细菌之后，她的双脚先是起疹子，随后又变黑腐烂，一生无药可治。

1942年8月浙江省江山市凤林镇达坝游村人，周文清男士，5岁时感染上日军投放的病毒而烂腿，无药可医治，使他痛苦一生。

据浙江省档案馆公布的日本入侵浙江大地之后，他们

周文清，男（1937—　），农民，江山市凤林镇达坝游村人。1942年8月，当时年仅五岁的周文清，因感染上日军投放的毒而烂腿

大量的、肆无忌惮地使用细菌武器，残酷地杀害过六万中华儿女。野蛮的日本军人，从1939到1944年的五年中，多次投放（有六种以上）病毒。

① 在浙东，日本军人雇佣汉奸、海匪等人将毒性药精投入到浙东各地的井水里，投入到河道里。

② 1940年，日本飞机在金华洒播大量的鼠疫、霍乱菌毒。

③ 1941年日本飞机在长兴到安徽的广德一带掷投大量毒菌。此外还经常用注射针管直接往中国人体内注射各种病毒……

告诫小朋友，告诫后人们，不能忘记灭绝人性的日本军人曾在中国犯下的滔天罪行。

日本军国主义是人类中最野蛮、最毒辣、最凶残的刽子手。连禽兽都不如的日本强盗，所到之处，烧、杀、掠、

1937年12月24日，浙江省会杭州沦陷。图为日军占领杭州

抢，无恶不作，处处制造骇人听闻的惨案。日军丧心病狂的用中国人的活人人体去做细菌战的试验品。

在浙江省会杭州市的三墩镇上，曾经也驻扎过日本军人。他们曾经强行给过往的行人打针，实际上，日本军人向中国老百姓注射入体内的是细菌毒品液体。当时我的公爹也被强行注射入体内的是细菌毒液。因为我的公爹家里的经济条件还比较好，有钱及时送医院，住院治疗很久之后，才捡回了一条命。其他被日本军人强行注射过细菌毒液的行人，不久后全都死了。

浙江衢州地区就有30多万人深受细菌病毒之害。当时就有五万多中华儿女因细菌病毒而亡。那时许多受害的儿童，如今已是70多岁的老人了。因惨遭细菌战的毒害，拖着"烂脚病"痛苦一生。如今，当地医院的万少华等12名医护人员组建的"万少华团队"，利用节假日上门为39位

第一章 战火中崛起的中国 | 5

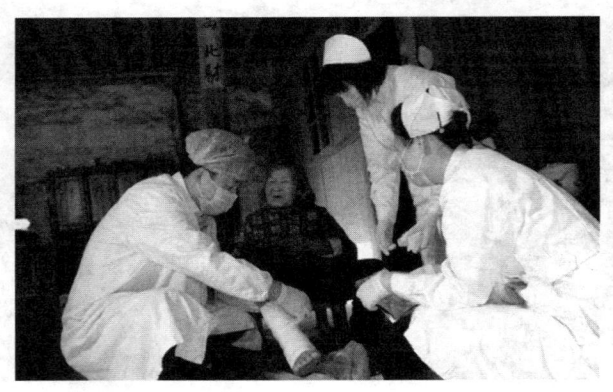

饱受细菌战蹂躏的"烂脚病"老人们治疗、换药2000余人次,发放药品2200余人次。他们用无声的行动抚慰着战争遗留者的伤痛。这是一个了不起的举动,更是一个优秀的人道主义团队。

当时,租住我公爹住房户的刘师傅,做的烧饼很好吃,经常有很多人排队购买他的烧饼。驻扎在三墩的日本兵也是天天来抢购刘师傅的烧饼吃,不给一文钱。善良的刘师傅记账了。一个月之后,拿着账单去日本军人驻地讨回烧饼钱时,被日本兵用刺刀当场给刺死了。

我公爹的兄长是个生意人,被日本军人抓去,强行要他挑运军用物资。他是从没有干过粗活的人,实在挑不动了,便向日本军人讲明自己实在挑不动了。日本人说:"你挑不动,就回家去吧!"当这位兄长刚一转身,就被日本人一枪打死了。

我丈夫童年时，亲眼见到日本兵站在三墩桥上向河中小船上开枪，可怜呀！小船上那位送葬的孝妇就被日本军人一枪打死了。

当年，住在三墩的日本兵，经常在一个叫作大营盘的地方，砍下活人的头颅……不管是国民党军人，还是共产党人，或者是些爱国人士，只要被日本兵抓住了，都要被砍头的。

当时驻扎在现在的富阳授降镇的日本兵更是血腥、惨无人道地杀害、凌辱中华儿女。

日本兵经常到附近村庄去抓青壮年的男人给予残害！他们把抓来的青壮年男子的衣裤扒光后再绑在木柱子上，先让狼狗去一口、一口地撕咬男性的生殖器，再用刺刀把这些被凌辱后的男士全部给刺死。

日本军人还把抓来的妇女，包括70岁以上的老妪，8岁的女幼童都不放过。把这些可怜的女性关押到一间大房

江南的妇女被一批批押往日军驻地供他们糟蹋凌辱，其中连70岁老妇、8岁的幼女都难幸免。图为被日军押往驻地的中国妇女

第一章 战火中崛起的中国 | 7

强渡富春江扫荡的日军佐佐木部队

设立慰安所。日军侵占富阳后，在县城的城隍庙里设立了慰安所，将抓来的中国妇女剥光衣裤关入里面，供日军任意发泄兽欲。慰安所妇女最多时超过50人，年龄最小的仅14岁。有20多位妇女因不愿忍受日军的凌辱而遭到挖掉阴部、剖腹等手段的残酷杀害

间里面，然后扒光她们的衣裤后，再进行集体强奸之后又全部杀死。这帮野兽杀死一批之后，又到另一个村庄去再抓一批妇女用同样的方法残酷凌辱之后又全部杀死……

当时，国民党中央政府领袖人物蒋介石的结发夫人，也是蒋经国的亲娘，也被日本的飞机炸死在蒋介石的老家

1939年12月12日,日机轰炸奉化县溪口镇,炸毁大批民房,蒋经国之母毛福梅遇难身亡。这是蒋经国赴溪口奔丧时亲笔

奉化的溪口。

南京大屠杀的30多万的万人坑,浙江富阳的千人坑,这都是日本帝国主义在中国土地上曾经犯下的滔天罪行的铁证呀。

我没有去过浙江富阳授降镇以前,看到有关抗日战争影视片时,还不理解日本帝国主义者真有那样坏!我以前没听到杭州三墩镇的老人讲述日本军人残害中国人的事例之前,根本没有想到日本侵略者会真有最残忍的本性。

尊敬的读者,亲爱的小朋友们,日本军国主义残暴屠杀过中国人的罪状是罄竹难书的呀!如今的日本首相安倍晋三还在复活军国主义,还在加大力度发展军事武器。正虎视眈眈的注视着我国的领土呢!我们的子子孙孙们决不能忘记日本侵略中国的历史。

在那苦难深重的日子,在那家破人亡的血泪中,在国家最危险的关键性时刻,无数英勇的中华儿女们冒着敌人的炮火前进!他们采用各种方式,各种方法去巧妙、顽强地抗击日本军国主义的暴行。只要人心齐,泰山

第一章 战火中崛起的中国 | 9

日本小学生背后那座桥就是1945年8月15日日本天皇向世人宣布"无条件投降"的地方

都能移。

尤其是中国共产党的高层领导人,他们聪明、睿智地领导着全国人民,坚持持久战、游击战、地道战……全方位地打击日本侵略者。他们高瞻远瞩地团结一切可以团结的力量共同抗日。

八年的艰苦抗日战争,终于在1945年8月15日,日本天皇在日本首都东京,日本天皇的皇宫门前的桥上,面对着当时正跪地而拜着的东京市民们,面对全世界人民宣布:日本政府无条件投降。

第二节　国共两党的内战又打起来了

八年抗战胜利的喜讯传遍祖国大地。当时共产党的领导人毛泽东主席和国民党领导人蒋介石总统在重庆签订了和平的"双十协议"，双方都期待着停止内战，给中国人民一个和平稳定、休养生息的环境。

但是要保护资产阶级利益，要独裁专政的蒋介石决心要铲除共产党人。毛泽东及其领导的中国共产党人也是要决心打倒资产阶级，打倒剥削阶级的，是要达到均田地，耕者有其田，是向着人人平等、人人富裕的共产主义方向前进的。

这水火不相容的国、共两党的战争终于又打起来了。这场同胞自相残杀，这场更大的浴血内战又打了四年之久才分出了胜负。

最后是共产党领导的劳苦大众胜利了！国民党的蒋家王朝彻底失败了。

这批失败了的将领们，在逃往台湾岛之前，凭借手中的权力，偷偷地运走了大量国库里的黄金；偷偷地运走了大量的历史文物和价值高昂的珍奇古宝。不信你去台湾的故宫看看，你就会得到正确的结论。也许，遇到台湾当地导游，他会告诉你："北京的故宫的房屋是真实的。但是，北京故宫里的展品不一定都是真的。台北故宫的房屋是假的，可这里展品全部都是货真价实的。"是败逃时运送来台湾的，也就是从北京故宫里偷运来的。败逃的国民党官兵，不但劫财，还劫人呢！他们把大批青壮年男丁劫持绑架后，押送到了台湾，是为了给蒋家王朝返攻大陆时当炮灰的。

我在台湾旅游期间，入住台湾东岸的花莲港的一家大酒店里，次日凌晨5点钟到海边看日出时，突然走过来几位老头子，他们拉住我双手哭诉："你们一定是从大陆来的！我们见到亲人啦！我们好想回大陆，几十年了，没有路费回家，父母都不在世了。我是辽宁人，19岁时，突然被国民党兵捆绑起来了。一直押运到台湾来了……"导游把他们一个一个地劝阻到一边去了。

导游介绍："我的父亲是浙江人，他18岁时被国民党兵捆绑，运到台湾来的。当时在押运船上，有想反抗的，有想逃跑的一律开枪打死后，扔到大海里去了。我父亲聪明的保护好自己，到台湾后又跟台湾的少数民族姑娘结婚了。现在两岸实行'三通后'，从大陆来的旅客经常被这些孤老头围着倾诉自己的苦情呢。哎！没有办法。"

国民党在败逃时，还做了很多惨绝人寰的坏事。他们残酷杀死在牢狱里的大批犯人。尤其是关押在重庆市红岩渣泽洞的革命人士，杀不完的用火烧死，连一个7-8岁的小萝卜头都不放过。

此外，他们还大肆破坏城市建筑，破坏工矿企业，破坏交通运输，破坏通讯设施。还潜藏了成千上万的国民党特务，留在大陆继续搞暗杀、搞破坏……他们的目的是把"一穷二白的破烂摊子"留给共产党人。企图把新中国搞得很乱，乱得一塌糊涂，乱得天翻地覆之时，便于蒋家王朝反攻大陆。直到1978年，蒋介石死在台湾，也就是说30年了，直到死亡，老蒋也没能反攻大陆的呀！这就是天意呀！

其实，重庆地下党组织，一直在研究如何营救那些被关押在渣泽洞监狱里的共产党人。他们找到了曾经当过四川省主席的张澜，他们也找过当时担任重庆市工商联合会的会长黄庄力先生。后来，在这两位爱国人士共同努力下，结果还是救出了一部分革命战友。可惜呀！国民党特务用更残忍的手段杀害了还未逃出监狱的共产党人士。

重庆红岩渣泽洞在重庆市的歌乐山下，四周有顽石，有陡峭、严峻悬崖相阻隔。还有四面设岗，被重机枪包围着的政治犯监狱，囚犯是怎样逃出来的呢？

历史上的山城重庆地处长江与嘉陵江的交汇处，实际上就是依山傍水而打造的一座全国最大的江河水运码头城市。这个城市的排污下水通道也是就地取材，利用山城中的石头，人工挖槽、穿孔、凿洞，凿开一条一条的地下暗流溪沟。这些如网状的暗流溪沟的上游，注入的源头就是全市各地的厕所和其他地方排泄而入的污水。暗流溪沟的下游就是山城周围的江河岸边。

当时，张澜出面探监，黄庄力会长出金条去买通狱卒，得到金条的狱卒就把污水通道结构图传到牢房里去了。那些政治犯以上厕所为名，从恶臭得让人窒息的屎尿坑里钻下去，进入到浓浓的恶臭气味的暗流溪沟里去了。凡是能从暗流的溪沟里游到江水岸边的幸运儿，就会有地下党人的船舶接应，再运送到安全地方去。

解放后的新中国，张澜是有功之臣，和宋庆龄等人一起被选举为中华人民共和国的副主席。同样有功的黄庄力

45年前，潘清逸送给作者的相片。中排左二是潘清逸，中排左一是排行九位的儿子黄圣苏，后排左一是排行十位的小么妹，其他子女儿孙忘记姓名了

也受到重庆地下党的回报。当时，年轻有为的黄庄力会长身边有十二名子女，他的亲生子女十个，还收养了2名朋友的遗孤，最大的儿子和女儿也才十几岁。地下党组织领导人就先把黄庄力的大儿子和大女儿送到延安抗大去读书了。重庆解放后，他的大儿子到了部队，授命解放西藏时牺牲在西藏了。他的大女儿抗大毕业后，在银行供职。

可怜的黄庄力，他的家产在日本帝国主义的飞机对重庆市进行过几百次的狂轰滥炸之后，已变为灰烬。黄庄力本人又在重庆解放前夕病故！他的夫人潘清逸女士挑起了抚养子女的重担。她是一位伟大而坚强的母亲。她孤身一人，默默无闻。在那困苦的年代里，因为没有及时让子女们下乡去，而受到了批斗，被游街……为了养育好这一帮小孩子，她始终忍气吞声地过着清贫、艰辛的苦日子。重庆解放前，她的丈夫曾经营救过革命老干部的历史功绩也随着丈夫的去世,一同到阎王殿里去了。以后,再也没有人问津过此事。也许被救之人已经不在人世了,再也没有人去续这段已经断档的历史;也许是纯真、勤劳的潘清逸每日忙于抚养子女之事,无暇回顾往事吧。

好在新中国总是在发展与变革中前进。黄庄力的后人的后人们如今在重庆、四川达州、西昌、辽宁省、浙江省等处,都能勤勤恳恳地生息繁衍下去。他们白手起家,他们同伟大的祖国共同前进。

第三节　我边防线上的战争四起

我国的陆地疆界有 2 万多公里,边境的国际分界线上,联系着近 20 来个国家的情谊。如果都能和平、友好相处,彼此都做个好邻居,彼此都不干涉对方的内政,都能尊重对方的领土主权完整,彼此都能努力做好本国的事务,做个互利双赢的好邻居,那该多好呀!可世界上,总有些人靠战争起家,靠侵略抢夺他人财产和土地而发财的呀。

翻开中国历史,就可以看到,从 1949 年 10 月 1 日新中国成立那天起,直到 80 年代末的 40 年中,我边防线上的战争从没有中断过。

一、抗美援朝战争

1950 年,也是新中国成立的第二个年头。居住在西半球,北美洲资本主义的王牌国家——美国,纠结联合国军队,配备精锐的最先进的轻、重武器，浩浩荡荡地杀向当时的社会主义国家北朝鲜。战火烧到了鸭绿江边。鸭绿江是中国和北朝鲜的界河，江北是中国的领土，江南是北朝鲜的领土。

战火烧到我们的家门口了，我国义无反顾地要扑灭这场侵略战争之火啦！当时，我国和苏联都收到了北朝鲜政府的求援出兵的申请书。

我国在1950年10月19日傍晚，由虎帅彭德怀司令兼政委，率领着中国人民志愿军跨过了鸭绿江，直接开往北朝鲜的前沿阵地，同北朝鲜人民军联合并肩作战，共同抗击着入侵的美帝国主义者对朝鲜半岛的侵略。

这场抗美援朝战争打了三年之后，北朝鲜和中国军队取得胜利，美国失败了。最后，终于在当时的南北朝鲜交界处的北纬38度的板门店签订了停战协议书。

朝鲜半岛上的战争停止了。可是在那场战争中，我国付出的代价是很高的。当时，我国每年要抽调财政收入经费的60%去支付朝鲜战争中的军火费用及各种军需物资，尤其是参战的志愿军，那都是祖国的优秀儿女，那都是些花样年华，最可爱的人呀！有10多万人的生命，包括毛泽东主席的爱子——毛岸英的生命都在那场战争中结束了。

二、中印边境战争

在我国东北的抗美援朝战争刚有点停顿，中国与印度边防交界线上的战火又燃烧起来了。

印度这个文明古国，曾经被英国统治多年，当时有位英国人叫麦克马将军,他在中印边界线上做了手脚,他篡改了历史。他单方面绘制中印边界地图时,故意把历史上属于中国领土的边境上的土地勾画到印度边界线之内;用同样的手段把属于印度领土的边界线又勾画到中国的边界线之内,这条可恶的麦克马红线边界的地图给后人带来了许多麻烦。那时,印度政府的大权掌握在英国人的手中。英国人以此能多侵吞些中国领土为骄傲。当时,封建落后、贫穷,又无能的中国政府根本不重视国土被他国蚕食的问题。

解放后的新中国的边防战士,在这条麦克马红线附近巡逻时,经常遭受到印度军人的残酷杀害……1962年在忍无可忍的情况下,党中央下命令:"还击猖狂的印度军人!"时任国防部部长林彪主动请战御敌。他首先调动了"四野"旧部的骨干力量,再调其他部队的精兵强将组成一支精锐集团军,他亲自指挥作战。

林彪采用小部队出击,诱敌深入的口袋战术,佯装我军败退的假象迷惑敌军,当印方的第一军团全部进入我国境内……急得毛泽东主席连发7份电报,林彪回电:"将在外军命有所不受。"他只等敌军全部入侵我国土70公里处,立刻下令:"扎紧口袋,不惜一切代价把那支部队给我从世界军事史上抹掉!"

对决心打退入侵我国土的印军,总攻命令一下,我军犹如猛虎下山,势如破竹,风卷残云似的打得印军毫无还手之力。不到三天,就把那个王牌军连同其他入侵的印军全部消灭得干干净净。直逼印度的首都——新德里。我人民解放军打出了国威，狠狠的教训了印军之后，很快撤回到祖国边界线以内了。

中印战争是在崇山峻岭、白雪皑皑的喜马拉雅山脉西段进行的，作战双方后勤补给非常困难，加之我军推进太快，只管打仗无法接受俘虏。当时国际上评价"是一次屠杀性战役"。当时国内并未公布战况的真相。

三、援越抗美的战争

中国和越南的边境线全长1347公里。历史上，越南先后经历过法国侵略战争，后又经历过美国侵略战争。在长达数十年被外敌侵略的战争中，历来中国是越南抗击入侵者的最重要的军事后盾。

在抗击法国军人入侵越南的关键时刻，唯一能出兵支援越南的是中国政府。当时，只有中国才为越南共产党人领导的越南政府提供了军事援助。

"当时的中国提供了全部武器弹药和装备。我国提供各种枪支116000余支；提供各种大炮4360门；提供了大批通讯、工兵器材，粮食、被服和医药等军需物资……中国还先后派出防空、工程、铁道、后勤保障等支援部队共23个支队，95个军团，83个军营，总计32万多人。最多的一年就有17万人开往越南去协助越南，直到打退了法国军人的入侵者为止。"

60年代中期，美国政府派遣海、陆、空三军的大批精锐部队，携带着世界最先进的军用武器踏上中南半岛，快速占领了北越南的领土。其目的是要彻底消灭"北越"，当时的"北越"是共产党执政的国家。美国总统为了防止共产党这股"赤潮"漫延到中南半岛上的其他国家。如果中南半岛的南越和其他国家也变成共产党国家的话，一定会严重损害美国在中南半岛的利益。所以美国才派重兵压境来扼杀这个北越的共产党国家。

当时的美国总统万万没有想到，美国的重兵压境，反而导致中国、苏联同时出兵参战到这场美越战争之中来。

1965年6月9日，我国的第一批抗美援越志愿军的队伍开到越南前线，投入到浴血的战火中去了。

"中国的援越空军部队，在越南上空对空作战2153次；击落敌机1707架；击伤敌机1608架。中国的铁道部队，当时在越南修建铁路117公里，改建铁路363公里。另外还派去了中国通信工程大队、后勤部队、筑路部队、扫雷工作队和民兵……中国援越物资总额达200多亿美元。"

"在那场抗美援越战争中，中国人阵亡有1100多人，负伤4200多人。"

美国总统见事不妙，担心自己的军队再次失败。感觉到这场战争将会变成第二个朝鲜战争，所以只好乖乖撤军了。

四、中越战争暴发了

美越战争结束了。

美越战争结束后，越南政府亟待恢复生产，发展本国经济。越南派来大批人，来中国的上海钢铁厂和上海纺织厂等单位学习生产技术，他们来中国学习技术便于回越南建设自己的祖国,这些来上海学习的人员受到中国的欢迎,受到上海人民热情周到的款待。当时把上海的淮海路和重庆南路一带住房条件最好的居民区腾出来,给越南来学习的学员们居住。这些学员们对上海是有感情的,对中国也是有好感的。

后来,由于中苏关系恶化,中美关系开始解冻了,开始往友好方向发展了,尤其是美国总统尼克松第一次来中国访问,将要到上海来访问,正在上海学习的越南人很不满意!于是他们私下策划着在沿街的窗户上挂起抗议的横幅。这个信息被上海的相关部门知晓后,便提前把这批越南人,全部集中起来,带他们去旅游,带他们去游山玩水,带他们去住高级旅馆,去吃美餐……千方百计地哄得这些越南人开开心心的,总算避过了风头。也防止了我国在上海接待尼克松这位第一次来自美国的贵客时而引起的麻烦。

后来,越南人知道了中国在制止他们反美抗议的做法,心里很不服气。也许这就是中越民间交往过程中最早的芥蒂吧。

历史证明,越美战争的参战国有越南、美国、苏联、中国,这四个国家之中,真正得到实惠、最受益的赢家就是越南。因为越南通过这场战争,实现了越南的南北民族统一。越南在那场战争中获得最多的战利品就是美国、苏联的各种尖端军事武器,还有法国人的武器;还有中国修筑的铁路,中国支援的大量物资,他们还学会了中国的作战方法……越南政府看到中苏关系恶化,他们就来了个"亲苏、抗美、反华的政策"。依仗着苏联的实力提高了自身在中南半岛上的大国地位和霸权地位，从而走向了推行地区霸权主义的道路。

1979年1月29到2月5日，邓小平以国务院副总理身份，乘飞机飞向美国，对美国进行为期九天的访问。这一年，他已经75岁高龄。访美期间，受到美国卡特总统的真诚、热情的款待。那时，美国还掀起了一股"中国热"。

和蔼可亲，诚实坦率，机智老练的邓小平受到美国人的赞许。

邓小平直言不讳地向美国人民、向全世界宣告："越南霸权主义者，如果还要继续向我南疆边防线上挑衅，中国人民解放军一定要给越南一个教训的……"

实际上我国边防线上的驻军，一直在严防死守着南疆的每寸土地。尤其是已调兵40万人，屯兵在云南、广西等边防线上，随时等待中央军委的命令！

这些军人在边境等了一个月之后，就在1979年2月17日全线开火了，狠狠地打击了入侵的越南军队！攻入越南的凉山、高平、老街等地区，形成了一个钳形包围圈的阵容，直逼越南首都河内，吓得各国驻越南使馆人员纷纷外逃，河内市的街头巷尾也有不少居民外逃了。

我军对越南武装力量给予了一次歼灭性的打击之后，就在1979年3月5日全线撤回到自己的疆土上来了。

当时的越南政府依仗着苏联撑腰、壮胆，不汲取教训，还要继续扩军、继续在我边防线上挑衅……造成中越边界线的两边相互对峙的局面。那是在热带雨林，那是在崇山峻岭中作战呀！双方以山体为掩护，在山体内挖凿出许多猫耳洞。士兵们躲在酷热的猫耳洞里，承受着地狱般的煎熬……越军更可怜，许多战士是14-15岁的小孩子或老人，他们许多人都会中国语言，他们经常悄悄地向我军传达信号，讲述自己的苦情。他们军营生活条件很差……有时，我方还馈赠些食品或罐头给他们充饥，是敌？是友？就这样胶着相持10年之久，直到1989年4月28日中越战争才算结束。

五、中苏关系恶化

历史上曾有个叫苏联的国家。那时的苏联是全世界社会主义国家的旗帜和舵手。苏联开辟了共产党主宰国家命运的先例。他们是按照马克思、恩格斯共同创作的《共产党宣言》的精神而创建起来的共产党这个革命组织。他们的目的是要达到民富、国强，人人过着平等、和谐的幸福生活的共产主义。

在那个时期的苏联共产党政府，确确实实地是在为老百姓服务的政府。是世界上其他地方的社会主义国家的人民所敬慕、所效仿的好榜样呀！

苏联政府在推翻本国的沙皇统治之后，很快建立起来一个苏维埃联邦共和国政府。由16个加盟国组成的世界第一个社会主义大国，也是当时社会主义国家阵营的主帅。

在第二次世界大战中，苏联站在欧洲人民反对希特勒为首的法西斯入侵欧洲各国的同一战壕里，浴血奋战……直到彻底消灭了法西斯侵略军。

在东方，苏联又加入到中国抗击日本帝国主义的战火中去了！打败了日本帝国主义者。

打败了美帝国主义者。入侵北朝鲜、入侵北越南，都因为有了苏联的出兵支援才能尽快地把美帝国主义者赶出亚洲。

总之，苏联这个国家，曾经在促进世界和平、在援助社会主义国家恢复经济，创造本国幸福、安康的生活环境中，功劳是不可磨灭的。

那个时代的苏联政府与中国政府之间情深义重，是中国人可信赖的老大哥。在中苏边境上更是和谐相处。尤其是在我国恢复经济建设、重建家园的各项工程中都受到苏联人民的大力协助。在造桥、筑路、发展尖端科技，在军工业的创办，在文化教育的建设方面……处处都有苏联专家的身影，都浸润过苏联专家们的血汗。

可惜呀！苏联共产党的伟大领袖斯大林去世了……随之而来的是赫鲁晓夫的上台。这位黑心肠的赫先生，把苏联政府来了一个改朝换代。他推翻了斯大林时代的一切主张，改变了政策，受害最深的是中国。

据说，赫鲁晓夫同毛泽东主席谈判时，苏方向中方提出了许多不合理的条件……毛泽东是什么人？是把蒋介石赶下台的人，是新中国的缔造者。毛泽东毫不客气地，坚决驳斥穷凶极恶的赫鲁晓夫！瞬间，谈判桌变成了短兵相接的僵局了。

中苏关系从此恶化起来了。

……

苏联对中国的阴谋是：

一、向全世界公开恶骂中国，处处对中国造谣诽谤。

二、苏联靠自身的先进、强大的军事武器，对中国实行威胁、恐吓。

三、苏军对中国的领土进行局部入侵，一点一点地蚕食下去。

当时的中国已经是重兵压境。苏联在中苏边界线上调入44个师，准备随时出击。尤其是苏军觉得从新疆边境容易入侵中国，但是中国的西北可利用的经济价值太低了。只能屯兵于中国的东北地区，只有东北对苏联最有吸引力。东北如同德国的鲁尔工业区一样重要。东北有钢铁厂、飞机制造厂、重工业基地、大庆油田……进入东北是苏联军人的强项。他们熟悉东北地形，他们熟门熟路。真的打起来了，正如当年苏军歼灭日本关东军一样的方便。

我国的对策是：

一、公开揭露苏联方面的谎言，在《人民日报》上，"一评"、"二评"……直到"九评"。向世界人民说真话。也怪！"九评"把赫鲁晓夫赶下台了。

二、中国采取沉着冷静的态度，静观世态变化的同时，签订了"中日友好条约"。解冻了和美国的关系，使美国的总统尼克松能来中国访问，邓小平访问美国……在国内，把东北、西北、华北及北京的军工业……迁往西南的山区。还有在各大城市"深挖洞，广积粮"。

三、在中苏边境上，坚决顶住，决不示弱，本着"人不犯我，我不犯人，人若犯我，我必犯人"的原则。

1969年的隆冬时节，也是"文化大革命"运动中派性斗争最激烈的时段。又因苏联军队的挑衅，黑龙江省的边境附近处于一级战备状态。要求孕妇必须疏散到内地的南方省份里去。当时，我正怀着女儿，只好回四川老家去生孩子。家人护送我去火车站方向的路上，远远听见军车上的高音喇叭广播："乡亲们！过往行人们！请尽快让开一条路！快！快让开一条路！我们是北山驻军，苏联军队已经侵占了我国的珍宝岛了！现在的军车是开往前线去打击入侵的苏联军人……"未等扩音器的话音说完呢，广场上刚才打得激烈的两派红卫兵们，立马停止了战斗。瞬间，广场上停止了吵闹声，只听见后退的脚步声。突然间，那些分歧、争论和恩恩怨怨都甩到脑后去了。只看到他们手拉住手井然有序的后退了，中间让出了一条宽阔的大路来。当军车开过的时候，他们还异口同声地高呼："苏军必败！我军必胜！苏军必败！我军必胜！……"这些中国老百姓铿锵有力的助威声响彻云霄。

　　我极目远望，那远处的公路上，刚才还在行驶的大板车，有运送货物的大板车，有运木柴的大板车，还有坐人的大板车，全都被车老板给推翻，倒在公路两边的雪沟里去了。那是因为老百姓知道北山的军队要去边防线，去打仗的，现在十万火急！要夺回被苏联军人侵占了的珍宝岛呀！车老板们只好快速推翻自己的大板车，让路给去前线的英雄们。

　　后来，我知道了珍宝岛保卫战役中，中国军队胜利了，还缴获坦克啦！（是当时世界上最先进T62坦克，可以边开行，边射击的）后来运送到北京市去展览过，被我国兵工厂拿去研究……

屡战屡败的苏联军队给赫鲁晓夫丢脸啦！1991年12月25日戈尔巴乔夫也下台了。苏联这个共产党领导的国家彻底解体了。

回头看看清朝政府，外国入侵时，他们做了些什么？他们只会割地赔款，让强盗在中国的土地上划分外国人的势力范围。把中国新疆以北、以西和黑龙江省的以北、以东，共有170多万平方公里的国土割让给当时的沙俄政府。

日本侵略者轻而易举地占领了我东北三省。1937年7月7日，日本军人又策划了"七·七"卢沟桥事变，以此为借口，明目张胆地展开了全方位的侵华战争，日军为什么会这样猖狂？它们是有根源，有准备的，100多年前的倭寇就是如今的日本国。近百年以来狼子野心未改。他们一直在虎视眈眈地窥视着我华夏大地呢。为了拿下全中国和称霸全世界，日本大力发展军事工业，制造了大批量的各种新式武器；拥有技术先进、杀伤力很强的尖端武器，还豢养了大批灭绝人性的杀手，日本军人窃取了中国许多情报，弄清了中国的国情、军情、民情，可以说日本对中国内情了如指掌。所以日军一开战就很凶猛，快速地攻克了北京、天津、上海、杭州和南京……虽然国共两党携手共同抗日，曾经历过多次的浴血奋战，经历过多次的顽强抵抗，也取得过巨大胜利。因为武器上难以抗敌，东南沿海的许多大、中、小城市还是沦陷到日本强盗的魔掌中！东南沿海的海域疆土被日军占领，东南沿海是我国的经济命脉，是祖国的黄金地段。尤其南京，是中国的首都；是国父孙中山陵墓所在地。蒋介石提出"保卫南京"的问题，高朋满座的同僚们发出了"议和"、"投降"声，"没有一个人敢站出来讨论""抗日保卫南京的问题"。气得蒋介石大吼："我一个人来保卫南京！"当时，有位军官站起来说："我要领军保卫南京！"我忘记了这位勇士的名字，只记得他曾经被蒋介石贬职了的，他本想在保卫南京城的战役中挽回被贬职的负面影响。那位勇挑重任的军官组织起了抗日的集团军，在南京城外布置了五条坚固的防线，顽强地与日军苦战几天几夜，因武器和军队的战斗力不如日军，最后失败了……蒋介石只好挥泪迁都重庆了。

谁能料到攻入南京城内的日军兽性大发，他们完全失去了做人的本性。对南京的无辜市民大开杀戒，不管是投降的国军，不管是老弱病残者，不管妇幼童叟，不管富裕或贫穷群体，只要是中国人，一个都不留地给予残暴地全部屠杀掉了！那是30多万中国人的生命呀！就惨死在日本军人的屠刀下，日军像疯狗一样，杀红了眼！当时的南京城血流成河，尸骨堆成山。国之殇！民之痛！永远刻骨铭心的印记，代代相传。

国民政府迁都重庆之后，日军立马派遣了大批轰炸机飞到四川省的重庆市的上空狂轰滥炸起来。美丽的山城——重庆市的上空天天都要遭遇日军飞机的轰炸。有时，一天就有30多次的轰炸。这种数百次的轰炸一直延续6年之久呀！英雄的重庆市民，依仗着山城的特殊地形，每天警报一响，便躲入防空洞，敌机飞走了，又去抢修自己的家园，筹备自己的生活用品，决不示弱。这就是重庆人的骨气，也是四川人的品质。

　　回头看看蒋介石，他是怎样治理国家的？孙中山去世后，蒋介石当了中国国民党的领袖，他违背了孙中山"联苏、联共，扶助农工的革命宗旨"。他独裁专政、排除异己，他设制庞大的"中统"、"军统"两大特务机构，处处暗杀，杀害了多少无辜的革命烈士呀？杀害了多少共产党人中的精明能干的领导人物呀？在他执政期间采用各种各样的苛捐杂税来搜刮民财，各级官员更是贪污腐败成灾。整得中国老百姓民穷财尽，民不聊生，一代一代过着艰难困苦的日子⋯⋯就以四川为例，解放前一句格言"蜀道难，难于上青天"。蒋介石执政期间几十年内的四川省内"没有一寸铁路"。四川省的陆路交通，困绕着四川几千年哪！只有共产党领导的新中国成立后，才在四川成功的建筑起来第一条铁路——成渝铁路！振动了全世界。随后，又在地势、地形极其艰险的地段修建起陇海铁路、成昆铁路⋯⋯如今我国的铁路工程员还到世界各地去修桥建路。

　　一个国家的军队是保家卫国的，是国人安居乐业的屏障。军队有严明的纪律。可蒋介石的国民党军人是强行抓壮丁来当兵的。许多军官是官僚，也有贪污腐败的，也有精明洁身的优秀指挥官，可惜太少了。蒋介石把军队分嫡系部队、奉系部队、闫锡山部队、张作霖部队⋯⋯自己无能力培养一批强军可御敌的军事力量，更不应该执行"先攘内再攘外"的错误政策，让日军有了"渔翁"得利的机会。中国共产党领导的工农红军北上抗日的时候，蒋介石又干了些什么？调动杀伤力强的集团军一路追杀！红军被逼爬雪山、过草地绕道进入荒无人烟的艰险之地，继续坚持北上去抗日。如果没有伟大而又坚强的共产党人坚持抗战，靠蒋介石，当时的中国真的要沦落为日本的殖民地了。蒋介石夫妇去美国聘请来了唐纳德飞行大队来中国，他们保卫了中国的领空也击垮了日军的空军力量。蒋介石有时是有功的。蒋介石代表中国人参加了世界反法西斯会议也是有功的。功与过后人去评说。

第二章
开辟不毛之地

第一节 西南发现了"聚宝盆"

一、地质学家的贡献

常隆庆先生，1930年毕业于北京大学地质系。两年后，他到了重庆北碚，任中国西部科学院地质研究所的所长。曾经还担任过国民党政府西昌行辕的专员。1934年到1940年之间，常隆庆先后六次出入攀西（即现在的攀枝花市和西昌一带）地区进行地质调查。

雄伟壮阔的"攀西大裂谷"位于青藏高原和云贵高原之间，它是与闻名世界的"东非大裂谷"齐名的"中国聚宝盆"

1936年，常隆庆又徒步去西昌、越西、冕宁、盐源、盐边、会理、宁南七县进行调查地质矿产的情况，均有重大发现。他在《宁属七县地质矿产》这本书中写道："费时半载，周历七县，实勘矿区五十余处"，"安宁河流域、矿产之半，为西南诸省之冠，而处川、滇、康三省之交，有绾毂西南之势。诚能将由成都经西昌至昆明铁路筑成，则安宁河流域，当为国内极佳之工业区"。中国人民永远都会感谢先辈常隆庆，这位伟大的地质学家在71年前就发现了西南这个"聚宝盆"。而且，他老人家还预测到"有绾毂西南之势……有成昆铁路的筑成……这里将成为国内极佳之工业区"。解放后的新中国，在中国共产党的领导下，以毛泽东主席为首的老一辈人，就会有绾毂西南之势，就能修筑好成昆铁路的，就能建设好世界一流的西南地区的工业园区——攀枝花市。

真实的攀枝花的形象

1940年8月17日到11月11日之间，常隆庆约请当时时任国民党政府的国立西康技艺专科学校的采矿教授刘之祥先生结伴而行，再次前往川、滇交界处进行深入调查。

他们骑着马，又带领一帮人马和各种器具及生活日用品，从西昌出发，来到了如今的弄弄坪一带。首先看到一棵粗壮高大的攀枝花树（此树在东南亚叫作木棉树），就将此地取名为攀枝花。他驻足此地之后，又经过三个多月的

作者在1983年拍摄的金沙江与雅砻江的交汇景观

勘探、测量之后，绘制出地形图和地质图。初步估计钒钛磁铁矿的储量在一千万吨以上。

此后，又有过更多的地质工作者涉足此处探测过。

真正能够揭开"聚宝盆"面纱的，只有解放后的新中国的科技人员和中国探矿工作人员。

50年代起，进入此地的地质专家、学者更是络绎不绝。经过多方面的勘测、论证，最后得出结论是"金沙江与雅砻江交汇处的北岸荒山秃岭之中，确实蕴藏量极为丰富。还是座稀有的共生铁矿资源宝地。从矿石标本分析结果看，这个钒钛磁铁矿产区内，还含有有色金属和稀有金属矿种。也证明了常隆庆先辈预测的 51 种矿石产品呢！如铜、镍、铅、锌、镉、铬、钨、金、钪、铂……这是世界上其他国家少有的宝贵资源。是座重要的共生矿脉地带，战略性矿产资源十分可观"。

二、初入无人区的勇士们

1955 年 1 月，新中国的第一支地质勘探的队伍开进渺茫的荒山秃岭之中去了。他们是要进一步深入勘探，还要负责采集一定数量的矿石样品。这支队伍中，有地质学院毕业的大学生；有抗美援朝战争中转业回国的志愿军；还有领导干部、工人、医务人员和后勤人员 108 人，他们踏上了那叫作攀枝花的荒无人烟之地。他们头顶 41 摄氏度的酷热，脚踩光秃秃的如魔鬼形态的顽石，没有人烟，没有住房，四周只有那起伏连绵的黑色石头。

勇士们先动手搭起了许多席棚子，作为自己临时的住所。四周没有遮阴的树林，骄阳似火的太阳，烤得勇士们嘴唇开裂，鼻孔流血，嗓子冒烟，咽喉肿痛，吃饭困难。为了保存体力，为了完成采集到 128 吨重的矿石样品标本这项艰巨任务，每个人只得强迫自己一口一口地吃下了干馒头。

住在席棚子里，入夜就能听到周围发出嗷嗷的狼叫声。白天经常能遇有 3 尺多长的恶狼围追他们，好在他们手中都有工具，有武器。这几千年以来的无人区里，突然来了100多位大汉，还带着水，带着食品……这些人的味道，食品的味道，把饥渴交迫的狼也给吸引过来了。

勇士们天天起早贪黑，翻山越岭的跋涉在几百个采样点上。有时要去山区，有时要爬上陡崖峭壁去采样品。没有路，全靠这些勇士们扛着大锤、手握钢钎，把自己悬挂在半空中，一锤、一钢钎地向崖壁上刻凿，全靠人工开辟出来一条一条的石梯之路。这是些可以抓爬，可以攀援而上的艰难之路。为了采到不同地点、不同区域的矿石样品，天大的困难，勇士们都不会退缩的。他们要爬到半山腰中去采样品，有时还要爬到陡壁悬崖去采集矿石样品。采样品的勇士们腰间系着绳索，经常把自己吊在半空中，坚持几天的空中作业，直到采足矿石样品为止。

有的矿点位于山洞，要走进纵深240米的空间去取样品，勇士们提着电石灯进入深深的山洞里时，发现空气稀薄，个个都感觉头晕眼花。有位叫熊朝云的铁人英雄，他气喘吁吁地紧握大锤，一抡一抡地敲打着岩石……连续抡击冲打1999下，总算凿打下来了许多矿石样品。

勇士们翻越过五座大山，不管是山沟峡谷，还是悬崖陡壁……满山遍野都有他们的敲打声音，都有他们采集矿石样品的场所。他们把采集的一块块矿石样品编号注明采集的时间和地点之后包装成箱，准备运回去检验。

没有想到勇士们的"工作"被邻近的乌拉国的土匪头子郑国王手下的人窥探到了。土匪们如恶狼一样前来抢劫矿石样品，因为土匪们误把矿石样品当成黄金、白银了。

勇士们在采集样品的过程中经常还发现广袤的原野上有一堆一堆的白骨。经随队的医生化验、分析得知这些人体尸骨是麻疯病患者死后的尸骨。有传染性的，医生们只好立即焚烧进行消毒处理。

因为在解放前的旧中国封建落后时代，生有麻疯病的患者是无药可治的，传染性强。为了活着的人能继续地活下去，只好把那些已患有严重麻疯病的患者送到无人区，或者是送到孤岛上去，让他们自然死去。

更倒霉的是遇到地震和塌方！这会在瞬间失去战友，失去矿石样品。无奈！活下来的勇士们只能躲到安全地带，等候地震和塌方引起的灾难结束之后，又得重新去采足矿石样品。

采足128吨矿石样品之后，还要横渡那湍急的金沙江，只靠那晃晃荡荡的几只小木船，在那涛涛的江水中一船、一船的从金沙江的北岸慢慢地运往南岸。在运矿石样品的过程中，勇士们的心都提到嗓子眼了呀！这是他们的血汗，是他们的战友用生命换来的宝贝呀！这些矿石样品是揭开"西南聚宝盆"的天书，千万别有什么闪失。

"勇士们编创顺口溜：

一怕麻疯，二怕狼，三怕横渡金沙江，四怕地震塌了方。

五怕坏人打冷枪，天是罗帐地是床，金沙江边水运忙。

三块石头架口锅，酱油盐巴下干粮。"

（盐巴就是盐，四川方言叫盐巴）

第二节　钢铁厂厂址的选择

一、忆当年的艰苦岁月

新中国成立后的三十年中，对外平息了边界上来自四面八方的战火之乱，对内又度过了许多天灾人祸的苦难日子。

天灾，指的是20世纪50年代末、60年代初的三年全国性的自然灾害……那种抢挖草根、抢剥树皮当粮食的年代，永远留在这批50多岁以上老人们的记忆里。尤其是那些耄耋老人，他们始终信守："节约，节约……不浪费一分钱，不浪费一滴水。"他们总是以简朴为荣，对那些铺张浪费者嗤之以鼻。

人祸，指的是1966年至1976年，因权力之争，造成10年的"文革"之乱！在那"内乱"的年代里，不光是革了不顺眼的当权派的命，受害最深、损害最重的是文化教育这个平台。最苦、最倒霉的是中国的知识分子，是中国的科学技术人才……好在，我们是中国人！在我们祖先的遗传基因中，天生就烙上了不怕苦！不怕累！从逆境中站起来，抛弃个人恩怨，共同创造更美好的新生活。托起一个更富有、更强大的中国梦。

正因为中国人有这种优良基因在，中国的知识分子、中国的科学技术工作群体，永远是物美价廉，经整耐用的。这个"整"字指的是在各种运动中被挨整、被批斗、被关押、被残酷的折磨之后依然为中国的崛起而奋斗终生的事例，大有人在。

二、钢铁厂的厂址确定

1964年的下半年，党中央成立了西南三线建设委员会。由中共中央西南局第一书记李井泉兼主任，程子华、阎秀峰任副主任。钢铁厂的厂址选择，是攀枝花建设首先要解决的大问题。

当时由程子华及中央各相关部委负责人亲自带队，有100多位各方面的专家、技术人员参加。用了一个多月的时间，踏遍了攀枝花到西昌地区之间的18个样点，进行了实地考察、论证。进行了详细的分析比较，经过一个地方、一个地方的筛选之后，初步选择了攀枝花、西昌和乐山三个地方建造钢铁厂。经过查找历史资料，西昌曾发生过十级地震，当时的水库还有渗水的现象。西昌地区农田较多，如果把钢铁厂建在此地，将会影响到当地的农业发展，还会影响到农民和城市居民的用水安全。争论焦点又集中在攀枝花和乐山两地了。那时有两种意见，有人主张钢铁厂址建在乐山，也有人主张建在攀枝花。乐山的优势，地面宽阔、平坦，交通运输方便，周边的生活条件比攀枝花优越得多。乐山的弱点是，此处没有铁矿石，又无煤矿，如果把一个偌大的钢铁冶炼厂建在此地，距乐山大佛风景区比较近，不但产生空气污染，还会因为争水、争地的问题，增加同当地的农民、当地的景区居民之间的矛盾。

攀枝花的优势是，有储量极为丰富的铁矿石、煤矿，炼钢铁所需的其他辅助矿石也很丰富，只不过，攀枝花地区生活环境很差，还得白手起家。初来的先行者们的生活太艰辛了。

在举棋不定的关键时刻，时任全国政协副主席的程子华，冶金部副部长徐驰，还有李富春、薄一波等中央领导们，再次前往攀枝花和乐山两地又进行了深入、实地考察之后，得到结论，攀枝花是建立钢铁厂的最佳地方。

这里有涛涛不绝的金沙江水，环绕着攀枝花铁矿石产区的半壁江山，有取之不尽的生活用水和工业用水；广阔的土地是建厂、建市的好地方。将要修建的成昆铁路，将要从此处而过，成昆铁路修筑成功后，还可以把云南六盘水的优质煤矿运送到攀枝花炼钢厂里来。在雅砻江的上游段，攀枝花矿区外围的县城附近，还有原始的林木区，便于供应木材。此处位于北纬26度、东经101度左右，属于南亚热气候带，有利于在周边县城发展农业和亚热带林木及果树、花卉的栽培。为打造一座新型钢城提供了许多优良的条件。

1965年2月，程子华、徐驰、李富春、薄一波等中央领导们，向毛泽东主席和周恩来总理作了详细的汇报。最后，毛主席、周总理批准了在攀枝花矿产区建立起西南最大的一座钢铁工业基地！钢铁厂地址最后确定在攀枝花矿区。

第三章
攀西大会战

第一节　序幕

一、拉开建设的帷幕了

1964年5月，党中央在北戴河召开中央工作会议时，毛主席、周总理就确定了，立即着手建设攀枝花钢铁工业基地的前期准备工作。毛主席委托周总理直接主管攀枝花钢铁基地的建设工作。把这项任务作为最重大的工作任务去完成。

周总理便立马找到冶金工业部的主要负责人一起共同研究、讨论钢铁基地建设规模、设计原则、设备制造、建设管理体制……一系列的重大问题都要尽快落实到各相关部门，落实到各相关负责人的头上去。

国家计委、地质部、铁道部、机械工业部、电力工业部等各部委接受任务之后，都迅速地行动起来了。他们积极地响应党中央的号召，急速筹备人力、物力和财力开赴到了西南那深山峡谷地带；奔向那咆哮怒吼的金沙江的北岸；奔向那西南边陲崇山峻岭的无人区去了。

因为那里发现了一个"聚宝盆"。远在亿万年之前，在恒古的地质年代时期，那个地方曾经有过大面积的火山喷发过程，又经历过长期内、外应力的相互作用的结果，给中国的大西南留下了一条宽10多公里，横贯南北数百公里的大裂谷带地区。这个地区蕴藏着一座巨大的矿石宝库呀！这是中华民族的宝贵财产。

二、艰辛的创业路

1965年3月数以万计的工人、技术人员、干部……他们是从城市，从工厂，从农村，从部队，从学校里毕业的大学生……他们循着那108位采矿石样品的勇士们的足迹而来到了那满山遍野都是不毛之地的地方。他们高举国旗，怀揣大庆人的精神，满腔爱国热情，心甘情愿地来到这个艰苦地方创业。

首先到达的是长沙黑色冶金矿山设计院的科技人员。在那荒无人烟的地方，搭建起来了"帐篷设计院"。

随后有鞍钢、本钢、首钢、武钢、重钢……八大钢铁公司，紧急派来了数以万计的精兵强将，加入到拓荒者的队伍中去了。这支浩浩荡荡的来支援、开发攀枝花钢铁事业建设的队伍中，有来自四川省内的黄毛丫头，年龄最大不满20岁，最小的刚满16岁。

真正入住下来之后，才体验到了什么是艰辛，什么是困苦。那时的生活条件很差，很差……每天喝的是混浊的金沙江水。而且每人每天只供应一盆混浊的洗脸水，一滴水也不许浪费！早上洗脸，中午擦背，晚上洗完脚之后，还要送到工地去"和泥巴"为做泥砖用。泥砖是拿去打造修筑"干打垒"临时住房外墙用的砖块呀！

这些女孩子们，坚强地咬紧牙关，忍受着吃、住、用的艰苦煎熬。没有一个人当逃兵的。原重钢的青年技员袁紫薇，谢绝原单位的挽留，坚决要求来到攀钢建设工地来磨炼自己。他爱学习、爱钻研问题。"文革"中被反对派打成走"白专道路的黑典型"。他白天要低头认罪，任人批斗！晚上坚持查阅资料，认真学习。他为建设好攀钢写了许多献计、献策的好材料。

还有一批人，是戴着"右派"、"思想反动"的大帽子，是来这里充军的人物。实际上，他们都是些专业技术人员。他们根本不在乎旁人的白眼或冷遇，不管别人对自己的无理，只顾自己埋头工作。他们在修桥、筑路，在引水上山等各大重要工程中充分显示出非凡才能。

在那艰难的环境里，也有个别吃不了这份苦，受不起施工现场的罪只好以"请假"为名而去，再也不回来了的人。

绝大多数的拓荒者们，坚持在那莽莽群山中，在那涛涛的江水畔，克服着重重困难，冲破了地狱之门，用自己的双手创造出了中国冶金建设史上罕见的奇迹。

以冶金部十九冶为主体的，数以万名的冶建职工，他们头顶骄阳，脚踏荒原，饱尝千辛万苦。在峡谷中忙碌着，就在当时的弄弄坪主厂区，展开了一场空前最大规模的钢铁大会战。

　　水电队在铺设五号泵站水管的时候，遇到了一段没有路可走的地方，上面的山上是悬崖陡壁，下面是逆抑冲沟，职工们只好手拉住手地攀爬上了高山。用钢丝绳架起了一条索道，员工们只好强行用双手把一公里路长，约 2.5 米粗的水管接到山上去了。当时，他们的待遇很低，没有任何补贴，每月仅有 40 多元的工资。他们干着重体力，生活水平很低，就在完成建设攀钢的一期，这项工程浩大的强劳力的过程中十九冶因工伤而死亡 132 人。

第二节　自强不息的前辈

一、自行研讨出来了冶炼钢铁的方法

　　1958 年，那时中苏关系比较友好，苏联矿业专家在我国还未开发"攀矿"之前曾经来过攀枝花钢铁矿石产区。苏联有冶炼钢铁的先进经验和技术条件。我们装运了许多矿石样品标本运送到苏联，请苏方给试验性的冶炼……而且是先后分两次运去矿石样品去做试验的。

　　经过苏联专家多次试验后，得出结论："此矿石不宜用普通高炉冶炼。此处铁矿石属于'呆矿'即废矿石……"

　　我方也查证过冶炼钢铁史方面的资料，按照以往的传统理论，在弄弄坪新建造的这座普通高炉，真的没有办法冶炼含有高钛型的钒钛磁铁矿。只有发达国家有大型联合试验工厂，因为他们有先进的冶炼技术和设备。

　　怎么办？怎么办？

时任冶金部副部长的周传典老前辈，着手组建由一批高级知识分子、专业科学技术骨干108人组成的试验团队，周传典任组长，汤乃武等人任副组长。他们从1964年12月到1966年6月，历经一年半的时间，实地到承德、西昌、首钢、包钢等许多钢铁厂的冶炼车间里的炼钢高炉上去做实验。他们许多人经常要面临着上千度的炉前那种烈火熏烤，因为他们要严密地在现场观察、取样化验、搜集整理数据、研究冶炼方案……有时还会出现高炉变料后，渣铁放不出的事件，他们只好用钢钎抠，用氧气烧。有时还要连续奋战40多个小时。他们就是这样，千万次、千万次地试验，最后终于验证了："高钛型钒钛磁铁矿是可以用普通高炉冶炼出来的。"

经投产后，又研究了一系列的工艺技术过程可能出现的一系列问题的解决方案及解决措施……总之，他们走过

现代化攀钢厂的冶炼钢铁车间

了许多艰难困苦之路，最后胜利属于那些有钢铁般意志的攀钢人。是他们首创了普通大型高炉冶炼高钛型钒钛磁铁矿的新工艺。

那108位参加到试验组团的英雄们，在那一年半的试验期内，没有一个人请假或离队的。如原北京钢铁学院的吴启常的哥哥触电身亡，工作组给他购买好了回家的车票，他上午进城去退票，下午照常上班；东北工学院的余锟老师的母亲卧病在床，他两次去沈阳买器材，过家门而不入；上海姑娘周信怡，到了塞外，面对窝窝头，不知哭了多少次，后来她成了化验组的骨干力量。

担任试验组团副组长之一的汤乃武，他是位吃苦耐劳的好带头人。每次都能看到他亲临现场，实地操作。高炉冶炼钒钛磁铁矿试验成功后，他决定留在攀钢。实际上，他在武汉钢铁厂有着条件优越的好工作岗位。他为了继续攻关攀枝花钢铁方面的科研工作，放弃了原来的优厚待遇，放弃了原来的优越环境，甘愿在条件差的攀钢这个地方奋斗下去。一干就是九年多，一直工作到1983年1月病故。攀钢，是汤乃武付出血汗、付出生命的地方，也是他为攀钢、为祖国的钢铁工业建设做出巨大贡献的地方。

二、"象牙微雕钢城"

攀钢的钢铁冶炼厂确定在弄弄坪那块，长不过三公里，宽不到一公里，总面积仅有2.5平方公里的斜坡上。这里的高差很大，有高差90米，还有高于90米以上的高差，要在那个地方建造一座大型钢铁厂，真是难呀！难于上青天。抬头见到的是悬崖峭壁，远望全都是山峦延绵……党中央要求必须在这块南面是涛涛的金沙江，北坡是重重山峦高耸的地方打造起来一座年产量 150 万吨的钢铁冶炼工厂……这是一项工程特别浩大的艰苦任务呀！

50 年代、60 年代的中国人，简直就是最听党的话，最忠诚的执行者。他们每个人体内的细胞中都充满了"忠诚、责任"。他们以"大庆精神"为尺度，以"淮海战役"，以"百万雄师过大江"的英勇气概，参加到了攀枝花钢铁厂的建设大会战中去了。

"这批数以万计的建设大军们，每个人都要经历着头顶烈日，脚踏顽石垒垒的不毛之地，住的是干打垒或者是席棚子，吃的是干粮就咸菜，喝的是金沙江那浑浊的江水。那时候只有这个生存环境呀……水壶、毛巾、草帽是他们生存中永不离身的三件宝。每天靠自身的两条腿，披荆斩棘地辗转在那片深山峡谷之中，他们的任务就要尽快地在这片顽石的悬崖峭壁上打造一座新型钢城。"

"当年重庆钢铁设计院负责承包设计任务，后来长沙设计院、鞍山焦耐设计院……多个单位又派来设计建筑师、专家、技术人员共有 800 多位直接深入到了弄弄坪这个施工现场的庞大工程中来。"

这 800 多名建筑设计行业中的高手们，到了工地，一头就扎根到了施工现场。同施工现场的技术员、施工工人以兄弟般的情谊相处，同他们一起干活。夜间，这帮建筑设计专家、学者们，又汇聚一堂，集思广益，讨论调整新的设计方案，讨论如何精确、完美地塑造起来一座别具风格的钢城模型。他们大胆设计出了一套新的方案，那就是劈开山石，人工垒砌在三个大台阶，23个小台阶，就在这23个小台阶上做文章。

"这项工程中，光是挖凿的碎石头就有5600多万立方米，假设把这些碎石头砌成一条宽有两米、厚有50多公分高的大道，都可以有绕地球赤道一周的路程了。这么多的碎石怎么办？可是，在那批高智商的建筑设计师的眼中，这不是碎石，是可以雕塑的石膏呀！就是靠这些'石膏'雕塑成三个大台阶，23个小台阶的呀。"

也就是那批高智商的建筑设计师们，也就是那些参加大会战的英雄们，他们有愚公移山的精神，他们有精卫填海的执着，才能把这项庞大工程，砌筑而成的23个台阶的地方巧妙地"雕塑"出了一座"攀枝花钢铁冶炼厂"。那是一座年产150万吨的攀钢一期工程呀！被中外知名人士取了一个美名：象牙微雕钢城。投产后，1985年4月25日起，就在攀钢一期工程附近又建造一座功能更强大的二期工程……那时代的攀钢人他们很了不起呀！好像人人都具有架海擎天的本事。

三、改修公路

当年，中央决定，成昆铁路未通车之前，必须抓紧时间先开发铁矿石产区。当时最紧迫的任务就是把攀枝花地区的钢铁冶炼工厂建设起来！因为那时候受到世界各国对我国的经济封锁，北方的钢铁厂虽然是日本人建造起来的老厂，但中苏关系的破裂严重威胁北方的钢铁工厂，急于恢复国民经济建设，急于制造边防线上的军用武器，这都是急需用钢铁的呀！

还没有修通成都到昆明的铁路之前，只能走老式成昆公路了。

旧时代的成昆公路，绝大多数的路段弯道多，只有两车道的狭窄的盘山公路，许多地方的桥梁的载重量都是在10吨以下的。根本无法运输炼钢厂所需的体型高大、体重、体长的大型物件。只有花大价钱改造成昆公路了。

时任国务院副总理的李富春，审批了改造成昆公路急需用的2500万元的专款，相当于现在的两亿多人民币。有了这笔巨款，立马调集各路人马，抓紧改造成昆公路，打通山体，修造隧道公路，改造能承载60吨重的桥梁，拓宽沿途公路的运输能力，使全国各地运往攀钢工业基地的体型高大且体长的机床、转炉、焦炉、烧结机……总之，公路总算改造好了。来自四面八方的大型物件，都能靠改造后的新公路，源源不断地运送到炼钢厂的施工现场了。

当时，全国有上千家设备制造厂，承担了攀钢14万吨的设备制造任务。尤其是运输到攀钢基地的物件，都是当时全国最大、最先进的各类产品。

在那个时段，还没有修通成昆铁路之前的艰难岁月里，从全国五省市即北京、辽宁、山东、河南、安徽等地的交通战线中，抽调1500多辆汽车，抽调200多辆重件运输用的车辆。他们在改造后的成昆公路上，组建起一批一批的钢铁运输队伍，他们披星戴月、日夜兼程的运输着。为的是要尽快把攀钢施工现场所急需用的大型设备物件，把修建钢铁厂所需用的各类物资、各种材料，运送到施工现场。另外施工现场那成千上万人口的粮食和生活日用品也是依靠这条公路运输到施工大军们的现场呀。

这一路一路的运输大军们，他们都有着钢铁般的意志！这些运输车的司机，有来自东北平原，有来自于山东半岛，也有来自于中原大地的。他们开着大型车辆，装着高、大、重、长的货物，从北向南而行……要进入攀枝花钢铁基地建设现场有两条路，一是从四川入境走改造后的成昆公路的北段；二是从云南入境走改造后的成昆公路的南段。不管走南段还是北段，这里的公路建造在山间峡谷地带，司机和护车人员都要遇到高山气候的不适应的高山反应，更倒霉的是进入攀枝花地区，就要受到酷热南亚热带气候的煎熬……

这些运输大军的司机和护车人员，本身生活条件很艰苦，待遇又低，他们把自己的生命都抵押在长途运输的征途上了。

这批运输大军中，有一部分车司机还要自己动手改货车为平板客车，源源不断的去接送那一批一批要去支援攀钢建设基地的人员。

当年，冶金部从全国各大钢铁厂里，抽调了大批优秀的管理干部，抽调了大批科学技术骨干力量以及他们的家属到攀钢工地去，为的是加强攀钢的建设力量，为的是提高攀钢的建设速度。

那时成昆铁路正在建设中，未通成昆铁路之前，来自各方面的支援大军，只能靠汽车走那改建后的成昆公路才能到达目的地。

走成都方向而来的,只能乘火车到成都站,下火车之后,改乘运货汽车才能到达目的地;走昆明方向,进入攀钢工地也要先乘火车到昆明站下车,改乘运货汽车才能到达目的地。

可怜这一批一批爬上了大货车箱内去的人,他们将要同司机同甘共苦,要共同承受着汽车在那些山间峡谷中无数次的颠簸,被左右摇晃着。这货车上没有座位,没有顶蓬,四处透风,飞扬的尘土很快把他们变成泥人啦!可这些去支援攀钢建设的勇士们信心十足,意志坚定。他们克服一路上遇到的许多困难,他们心目中把攀钢建设工地当做战场,把自己当做去前线打仗的战士了,克服千难万苦一定要冲向那热火朝天的战场——攀钢建设工地。

改建后的成昆公路,艰难而忙碌地运输了五个年头,直到1970年成昆铁路通车了的那天起,才减轻了公路的运输压力。

四、党的生日那天出铁了

60年代中期,在攀钢基地参加夺钢大会战的英雄们,仅用了五年时间就成功地建造起来了中国自行设计、自行施工的攀钢一号高炉。尤其是,还能赶到1970年7月1日,党的生日的那一天如期冶炼出来了第一炉红红火火的铁水……这是中国冶金钢铁建设史上罕见的奇绩!这是新中国的一件大喜事。归功于攀钢指挥部领导有方,归功于会战大军们艰苦奋斗,连续作战的英雄们。

在那五年的夺钢大会战中,用他们的血汗演绎了许多动人的故事。

故事一:一号高炉刚建成功时,突如其来的大雨下起来就没有个完。附近的泥石流、滑坡现象发生了。弄弄坪这个23个台阶正是一号高炉的座基,靠江的一边也有了滑坡痕迹!其他地方也是险象不断,怎么办?攀钢人千方百计先用防雨布顶住倾盆大雨,然后在江边钻探十多米深的一个大洞,随即快速地往洞里填充上千吨的钢筋水泥。强行地"铆"住了弄弄坪的滑坡现象。其他地方的险情也是靠人工及时解决好了。

攀钢人摸清楚了下雨的规律和时段,也弄清了地质、地貌的结构,找出了预防方案,把防灾工作做细,给后人留下更坚固的攀钢基地。

故事二:冶炼钢铁的高炉,必须是出铁之前先出焦。焦炉又是由上万吨重各种形状耐火砖组合而砌成的,焦炉外围又是钢筋结构保护起来的一座复杂的整体,它含有水分,如果不及时加温烘干水分,它就会变成一座废炉的呀!烧炉的目的就是要去掉它的水分,按整体膨胀系数的要求,它的长、宽、高都要同时膨胀,升温速度又不能太快,要徐徐地升温,慢慢地胀大,一直达到1000℃以上的温度,才能装煤炼焦。烘干一座焦炉,必须是山西大同的优质煤矿才行。当时还没有修建好成昆铁路线也就运不来大同的优质煤。怎么办?攀钢人集思广议,大家参与讨论,提出好点子……结论是去昆明钢铁厂购买他们积压的上千吨煤焦油。

焦油运来后,还得先设计一台小型焦炉作试验。经过12个日日夜夜的探索奋战,获得了用焦油喷吹烘烤焦炉试验的成功。那一次一次地在高温现场劳作的勇士们,有的脸都烧伤了,有的烧焦了眉毛,有人在搬运焦炭过程中磨破了双手,更严重的有人被烘烤得双目失明。有时还能遇到更危险的事,那就是在炼焦过程中,炉内突然爆炸开了,封墙崩倒,耐火砖像爆破一样飞石一般地射向四方……勇士们不顾及被烧伤的危险,一次一次地冲上前去抢修崩倒了的封墙,连续抢修九次,才找到了焦炉的病根。又经过46个日日夜夜的熬战,终于把我国第一座容积焦炉烘烤到1040℃。可以装煤炼焦了,真不容易呀!

故事三:冶炼钢铁的程序是先炼出了焦炭,就闯过了第一关。要炼出铁水还要闯过许多艰难的关口。

当前最急需解决的大问题还在炼钢铁急需的肥煤。只有用肥煤作为高炉燃料才能炼出铁水。在当时,只有山西大同煤矿或云南六盘水煤矿的肥煤才可以炼钢铁。成昆铁路还未通车,依靠公路去运外省的肥煤是绝对行不通的。因为当时已是1970年3月11日,距离党中央下达的"军令状"——1970年7月1日一号高炉出铁的时间只有3个多月……夺钢工地的领导和每位拓荒者,都心急如焚,犹如热锅上的蚂蚁,急得个个团团转。

地质工作人员抓紧查阅地质资源,查阅先辈们的地质矿产资源分布图时发现,就在附近的龙洞地区,蕴藏着丰富的肥煤。

当时的度口市革委会连夜召开紧急会议,决定把开发龙洞煤矿当作十万火急的任务，落实到度口市矿务局煤炭指挥部的马书绅的头上。他立马挑选30多位精干的专业工程技术人员去勘探、调查龙洞的肥煤储量情况。这30多位探查肥煤的勇士们，头顶烈日，迎着山沟沟里吹着干热的大风，翻山越岭的进入到那一片片的荒原，穿越了那一片片丛林，踏遍了28座小煤窑，总算探测到了肥煤资源的分布情况。他们认真地绘制出了肥煤分布的地质草图。而且，还提出了开发肥煤的施工方案的初步建议方案，一场龙洞夺肥煤大会战揭开了序幕。

　　龙洞大会战的总指挥选谁来担当？经过矿务局领导班子的全体成员反复讨论，最后，一致认为文革中被反对派关进"牛棚"的亓伟就是最佳人选。因为亓伟曾经担任过小宝鼎煤矿大会战的总指挥。他担任小宝鼎煤矿大会战总指挥期间，干得很出色。可惜呀，那时正值"文革"之乱，就在他取得巨大胜利之时，反而被错误地定罪，还关进了"牛棚"，从此他受到人间难以承受的许许多多的折磨……这次矿山党委提前"解放"了他，受到重用，他很感动，发誓："我一定要把在住牛棚，在挨批斗过程中耽误了的时间补回来！为完成好夺肥煤大会战任务，我豁出命也要干好，一定要出色的干好这项工作。"

　　1970年3月16日，龙洞会战的炮声响起来啦！煤炭指挥部又从其他地方抽调1000多名各路精兵强将，还大力筹集各种材料，其他急需用的设备也陆续运输到施工现场了。

　　851部队的指战员们也参加到夺煤大会战中来了。他们送来许多设备和帐蓬,还积极参加到修建公路的队伍中去,这批子弟兵抢修了许多临时公路,及时解决肥煤运输到攀钢基地的大问题。

电力局的员工们也参与到夺肥煤大会战中来了。他们翻山越岭地架起 12 公里长的高压输电线路,直通龙洞煤矿施工现场。

随之而来,交通、建工、商业、邮电等十几个单位都派来了许多龙洞会战的突击手。

当时,龙洞周围的其他小煤窑,为了确保龙洞主矿区大会战能够正常施工,他们全部自动停止开采煤矿了。

亓伟确实是位了不起的英雄人物,是位能管理煤矿行业的高手。亓伟不仅指挥有方,还能身先士卒,他连续三个多月吃住在工地。当掘进主平硐快到 69 米处,突然垮塌 30 多米,影响了工程进度,严重威胁到矿井下职工们的安全。

亓伟置个人安危不顾,坚持在井下同工人一起抢险,他还不断提出新的施工方法,改革煤巷掘进变成沿地板岩石掘进的方法,战胜了"拦路虎",为了提高进度,他又采取"多头作业"、"对头掘进"、"分段施工"等方法,使工程进度加快,按时完成任务。

他连续苦战三个半月的日日夜夜,做到了 75 天出煤,105 天就建成了年产 21 万吨肥煤的龙洞煤矿!他们创造了矿业建设史上的奇迹!

焦化厂有了肥煤,就能如期在 1970 年 7 月 1 日党的生日那天炼出中国西南钢铁厂的第一炉铁水了。

亓伟这位伟大的知识分子，在龙洞夺煤的指挥岗位上劳累过度，咳嗽不止，痰中带血，已进入到病入膏肓的地步了。组织上安排人员，送他回云南大医院给予治疗，也是为了让他回云南与家人团聚。他知道自己大限已到，谢绝离开煤矿区。留遗言："死后埋葬在宝鼎山上，看着出钢铁，出钢材。"

在建设攀枝花钢铁钒钛基地的工程中，又有一位献出自己宝贵生命的优秀科技人才。

第四章
光辉灿烂的群星

在中国兴邦建国的历史长河中，在开发大西南、建设攀钢钒钛工业基地中，知识分子、科技工作者立下了许许多多的汗马功绩。攀钢是成千上万的优秀知识分子用他们的智慧，用他们的生命筑起来的钢铁之城。这些可歌可泣的英雄，这些光辉灿烂的群星，永远是后人的榜样。

我摘取自己熟悉的灿烂之星，聊聊他们的故事。

第一节 坚强女性的赞歌

郑枫在担任攀矿企业报总编期间，她的子女均在我任教的中学读书。我的女儿大学毕业后，又考入郑枫主管的"攀矿日报"社，任编辑和记者。因此，我熟悉她。她是位亲和、善谈，文笔优美的优秀女知识分子。她的丈夫姚德忠是毕业于同济大学的高材生，曾任攀矿设计院的院长，兼任攀钢总设计院的副院长，正值成就事业的年龄，胃癌夺去了他的生命……

一、攀枝花，我的四十年（作者：郑枫）

进入二零零八年，我在攀枝花的岁月进入了第四十个年头。我把人生的黄金时代都奉献给了中国南高原的大裂谷。

一九六五年三月，基于备战考虑，毛泽东主席作出了建设攀枝花钢铁基地的决定。为了让革命领袖"睡好觉"，数十万大军开进了荒凉的金沙江河谷。三年后，大学毕业的我也成为开拓者之一。

当时的攀枝花是特区，进去的人须政审，我们班的三个同学均不属红五类子女，不料想整治我们的人神经短路，竟让我们"混"进了这块圣土，于是我们一度觉得庆幸，因为苏联青年在边陲建设共青城的壮举令我们热血沸腾。

进攀途中的艰辛自不必说，长长的车队日夜不停地运输人员物资，从成都出发要五天，随处可见翻下山的汽车残骸。我走昆明方向，下火车后坐了三天卡车，挤得落脚点都没有。

我们这些"臭老九"很识时务，自觉接受工人阶级再教育，一不怕苦二不怕死。我在隧洞扒过石渣、开过卷扬机、看守过道头，八小时辛劳后还要趴在芦席棚的小床上写广播稿……有一次工地出事故，我被埋进石渣堆里，幸好抢救及时，捡回一条小命。之后，还继续朝气蓬勃。

每月四十二元半的工资拿了整七年，给老母寄一半，自己只花十元，余下的留着备急。当七三年女儿出世时，工资第一次"突飞猛进"，加到五十一元。

四十年光阴渐行渐远，该吃的苦都吃了，该受的罪都受了，城市已颇具规模。四十年里，我的工作履历是：政工干事、科长、企业报总编、新闻处长、宣传部长。拿着微薄的薪资，一腔热血，两袖清风。九七年退居二线后，我又继续到市报社"发挥余热"，在编辑岗位上一干就是八年。

在城市东边的青山公墓，我的丈夫、一个妹夫、一个弟弟长眠在那里。公墓的牌坊在夕阳下闪闪发光，上书这样一副对联："创业天涯无悔人生路，卧云山下应安赤子魂。"令人感慨，令人伤悲。

如今，我们事业的继任者们坐在有空调的办公室"运筹帷幄"，不少人沉迷于搓麻将、转饭局，不少人拿着高达数十万的年薪还牢骚满腹。他们一年的收入我们得挣两辈子啊……我们恪守的精神，我们一生奋斗的理念都被边缘化了，这是不争的事实。

也许，任何时代都有殉道者，我有幸位列其中而已。

二零零五年三月攀枝花建市四十周年之际，由我作词、市歌舞团王勇作曲的歌曲《走进三月》在市电视台连日展播，触动了许多老攀枝花人沉默的情怀。如今，我再以这首词作纪念我的四十年：

走进三月，

思念牵引着流金岁月。

春风摇响了记忆的风铃，

历史的辉煌在三月铭刻。
我们的故事像那长青藤,
缠绕着那山那水那年那月。
哦,我的三月,
不老的情结。

走进三月,
春雷激荡着心的节拍,
三月缤纷了西部的季节,
春天的狂想掀开了画页。
我们和太阳有个约定,
唱一段西部传奇轰轰烈烈。
哦,我的三月,
如歌的岁月。

左一郑枫的女儿姚远,左二郑枫的孙女,左三郑枫,右一作者的丈夫蔡耀志,右二作者外孙女朱珏熹,右三作者,杭州龙井壹号餐厅留景

二、筑巢 （作者：郑枫）

上了年纪的人往往恋旧。在岁月的长街徜徉，你会有滋有味的咀嚼人生，你会发现逝去的一切变得弥足珍贵。

上世纪六七十年代，攀枝花人的恋爱史缺少浪漫色彩，时代不允许，条件不具备。青年男女绝无花前月下的卿卿我我，大多是在席棚里"交换几次思想"，在野草萋萋的小路上走上几个来回，彼此披露一下家庭出身乃至理想抱负，形势便很快明朗。待领到盖有革委会大印的大红结婚证书，两人就堂而皇之地将简陋的行李搬到一个席棚里，于是，温暖的小巢便筑成了。

知识分子结婚比较谨慎，很少举行婚礼。那时的婚礼太严肃，政治味儿太浓。尤其是背毛主席语录，稍有不慎会惹出麻烦。倘若婚礼变成了现场批斗会，那可太不值了。因而，较多时兴的做法是，新婚夫妇双双回一趟老家，拜见老爹老妈，回单位后再撒上几把糖，人生大礼就算完成。我当年采取的就是这种形式。

婚姻的成立意味着家庭的诞生。我和老公下班后的第一件事就是"筑巢"。我这位夫君毕业于上海同济大学建筑学专业，画图搞设计很在行，干家务活却样样不在行。不过我也不难为他，婚床用两张单人床拼就，挺好；桌子用废木板一钉，只要不摇晃就行；椅子太复杂做不了，干脆拾一截旧圆木一竖，也能将就。吃饭或伏案工作时，我们两人均要谦让一番。

当然，还是我"就坐"的机会多一些。那时，由于店铺稀少，交通不便，不少双职工在食堂用餐。开始我们也随大流，后来感到单调，便决定自己开伙。于是，一堆废木料和旧席派上了用场。当小小的柴火灶抹就后，厨房宣告完工，我也正经八百当上了主妇。我入主厨房，大概跟里根入主白宫的心情没什么两样。之后，每当炊烟升起，便是我支使老公的"黄金时刻"。"拿油来，递盐……"他像救火似的来回跑，我乐在其中。

当时，副食供应紧张，每人每月半斤肉，且货源不足，听到信息便要早早候着。但买肉终究是令人兴奋的事。有一次，我俩一早出发，赶到肉店日头未红，却见数十人已将那席棚团团围定。卖肉者手持亮晃晃的尖刀，威风八面。席棚光线不好，肉的好孬看不清（看得清也白搭，我们两个书呆子从未买过肉，不知该割哪块）。这时，只听那持刀者大声叱叫："割哪儿快说，不要误了工夫……"有人小声嘀咕："黑洞洞的，又没带望远镜。"惹得大伙儿轰地一乐。在人流推拥中，老公经过奋力拼搏，乐呵呵拎出一块肉。我细细一看，皮多肉少，不禁责怪："怎么吃？"他胸有成竹："整块煮，蘸酱油吃！"如今回想，我当年品尝的大概是彝家名菜——坨坨肉。

那年月没有电视，也买不起收音机，夫妻二人相对，不免枯燥。于是，闲暇之时，我们便开荒种菜，养几只小鸡。这一来为改善生活，二来希冀陶醉于"荷锄带月归"的田园之乐。种瓜的收益最为显著，尤其是瓠子瓜和丝瓜。一粒瓜籽入土，两三月后长长的瓜蔓便爬满席棚顶，一个夏天都不会缺菜吃。我下班后常常在自家的小菜园流连，辣椒、茄子、玉米、西红柿、花生……一茬接一茬，红红绿绿，煞是热闹。这样的日子一直延续到粉碎"四人帮"后迁进新居，方告结束。

……

几十年转瞬即逝，我已年逾花甲。回首当年，恍若梦中。1995年秋天，饱受癌痛折磨的丈夫在绵绵秋雨中离开了他挚爱的专业和家庭，走完了53年的人生路。如今，我常常面对那些泛黄的旧照片，和他一起追忆那悠悠岁月……我想，大千世界芸芸众生"筑巢"的方式尽管各不相同，但只要有真情和欢笑，即便只拥有一个不起眼的"蜗居"，你也会与幸福结伴同行。

在建国60周年之际，由我作词、攀枝花市歌舞团王勇作曲的歌曲《情归攀枝花》在攀枝花市国庆庆祝大会中推出。我想，这是唱给所有的攀枝花情侣的。歌词如下：

让我对你说我爱你，
让我们的心海融在一起。
你像一朵美丽的攀枝花，
为谁绽放让我意乱情迷？
我是攀枝花为你开，
让相思的季节没有秘密。
你像一缕多情的春风，
温暖我心沸腾我的情意。
啊，
心随花开心相依，
三月翻开了爱情日记。

牵手今生，百年相许，
在攀枝花盛开的时候，
飘洒着爱的花雨。

第二节　珠联璧合

（经过浙大研究员、研究所长、教授、特级专家刘祥官亲自修改）

什么是珠联璧合？《汉书·律历志上》一书中，注解是：珠联璧合，就是日月合璧，五星如连珠之意。比喻人才或美好的事物聚集在一起的意思。

刘祥官与李吉鸾 1996 年 5 月在西湖

刘祥官、李吉鸾两夫妻都是最优秀的人才。他俩曾经在攀枝花钢铁钒钛基地，死心塌地的奋斗了二十年。尤其是他俩沿着数学大师华罗庚教授的"统筹法"和"优选法"的思路，攻克了"雾化提钒工艺的完善提高"这一道世界级的难题，全面展现了他们的应用数学才华。他俩呕心沥血研究半年多，又艰苦实验了 18 个日日夜夜之后，终于完成了国家重大项目的科技攻关任务，为国家战略物资钒的综合利用做出了重要贡献。

他俩的一生就是珠联璧合的最好写照。

一、"根"

刘祥官福建人，李吉鸾天津人，他俩在1961年同时考上了坐落于北京西郊的中国科学技术大学。那时，这是一所培养国家一流科技人才的大学，校长郭沫若，教师是来自中科院各研究所的当代学术界上最顶级的专家学者，如钱学森、严济慈、华罗庚等著名科学家。

他俩真有福气，入校就分配在著名数学家华罗庚教授管理的年级，从老师到教材，再到教学体系及指导思想，都属于华罗庚一条"龙"。

刘祥官学习的是物理数学专业，培养方向是为国家原子能事业输送人才。李吉鸾学习的是数理统计专业，老师有陈希孺院士等名教授。他俩都是被华罗庚教授、杨纪柯教授看重的优等生，是导师们眼中品学兼优的好学生。

在那美丽淳朴的校园里，在那科学研究氛围浓厚的环境里，在那些顶级大师们的谆谆教诲下，他俩的心灵深处深深地植入了科技报国的基因。他们的"根"在中国科技大学，他们的枝条伸展到了攀枝花市，延伸到了浙江大学………

二、科技流浪汉

1966年毕业于中国科技大学的刘祥官、李吉鸾，同全国各地的大学毕业生一样，遇到史无前例的"文革"运动之乱。他们面临着毕业分配难、专业难对口的困境。满腹经纶的大学生成了英雄无用武之地的科技"流浪汉"。

好在我国的江山是稳固的，我们是社会主义国家。虽

第四章　光辉灿烂的群星 | 63

然不能对口分配大学毕业生,但他们的铁饭碗是不会丢的,即使到了偏远山区的基层或者是最艰苦的地方,都会有他们的工作岗位。

刘祥官、李吉鸾在部队农场锻炼2年后,几经辗转来到四川省涪陵地区工作。李吉鸾在地区交通局管理仓库,任会计。刘祥官在涪陵地区广播器材厂任技术员。1967年他俩办理了结婚登记手续后,组成了自己的小家庭。直到1974年11月四川省委组织部调集技术干部支援攀枝花建设时,他们才调往度口市,来到冶金部攀枝花钢铁公司,开始了钢铁冶金与应用数学交叉创新的科研工作。

三、钒的那些烦心事儿

(一)从1970年7月1日攀钢炼出了第一炉铁水开始,直到1974年初,攀钢自己生产的含钒生铁因为铸造技术不过关,无法铸造炼铁炼钢用的铁罐与渣罐。只好去本钢、首钢、徐钢、武钢等单位买回普通铸造生铁。这种状况既增加了生产成本,又增加了铁路的压力。每年付出的铸造生铁运费达100多万元……真是捧着"金饭碗去讨饭"。

曾经被戴着"臭老九""新生的资产阶级技术权威"两顶大帽子的许光奎、陈璟琚夫妇,负责攻克含钒生铁直接铸造大型部件的大难题。

他俩以科学研究的态度,不断实验,反复修改方案……苦苦的钻研了6个年头,终于实验成功了。从此,攀钢高炉炼出来的含钒生铁可以在攀钢铸造厂直接使用了。随后,很快被普遍推广。从此改变了"北铁南调"的局面，每年为国家节约 100 多万元的运输费用。

（二）1965 年 3 月冶金部就组建了提钒实验攻关组。他们在转炉上进行了多次提钒和炼钢的试验后，对三种提钒方案最后把重点放在双联提钒炼钢法的试验上了。

1965 年 5 月，冶金部决定由西南钢铁研究院与首钢钢铁研究所合作，着重试验雾化提钒工艺。虽然打通了工艺流程，但还不够完善……历经 14 年的反复试验和改进，直到 1979 年，攀钢雾化提钒车间才正式投产了。

（三）当时世界上有三种提钒的方法。分别是前苏联的转炉提钒法，南非（英国公司）的摇包提钒法，中国攀钢的雾化提钒法。各国提钒技术都有自己的特点。攀钢雾化提钒技术的优点是钒渣中的钙镁铝有害元素含量少，钒渣质量高。

但是，我国的提钒技术在应用过程中，钒的氧化率仅 82%，收得率仅 67%，远远落后于国外提钒工艺的先进水平。国外的氧化率可达到 90%~92%，收得率可达到 80%。为了加快攀枝花钢铁工业建设步伐，为了尽快完善攀枝花钢铁厂现流程的工艺技术，时任国务院副总理的方毅同志，贯彻党的"科学技术是第一生产力"方针政策，召开了攀枝花市资源综合利用科研工作会议，要求攀钢加强科研，使雾化提钒工艺指标达到国际先进水平。为此国家科委给攀钢下达了重大科技攻关项目：攀钢现流程冶炼工艺的完善与提高。

第三节 挑起重担

一、恩师现身

国务院副总理方毅同志在1978年、1979年的两年中,先后两次来到攀钢,他亲自过问攀钢雾化提钒工艺追赶世界先进水平的攻关工作。在提钒工艺攻关成功后,方毅同志两次题词送给刘祥官、李吉鸾夫妇,亲笔题书写下墨宝"及时与勉励、岁月不待人"和"任重道远"相赠。

方毅反复强调改进提钒工艺追赶世界先进水平的重要性。这使提钒攻关组的成员深感压力太大。公司黎明经理在组织群策群力攻关中,想起1978年攀钢人运用华罗庚的"优选法"、"统筹法"解决了攀钢许多生产难题。如攀钢一号高炉大修检时运用"统筹法"组织施工,提前21天完成了冶金部下达的任务,增产生铁2.5万吨,为国家增产节

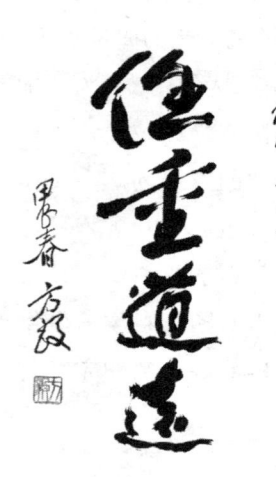

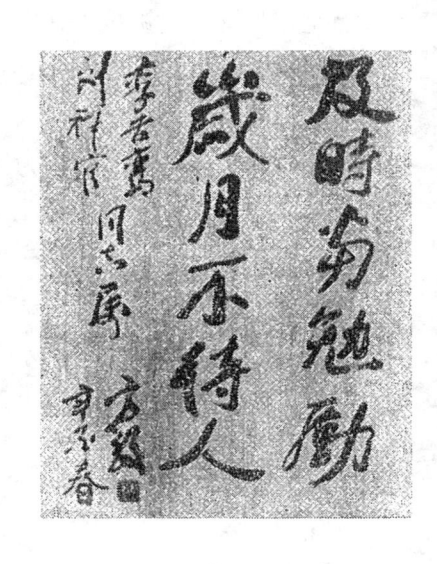

约价值达数百万元。又如转炉车间运用"优选法"优选钒渣磁选机的参数，提高了钒渣含钒品位，为攀钢创造效益数百万元。在华罗庚教授亲临四川省推广"优选法"、"统筹法"运动中，攀钢取得了100多项重要成果。想到这些，黎明经理就在提钒车间向华罗庚的学生刘祥官、李吉鸾布置了任务："你们要把华罗庚优选法、统筹法用到提钒工艺中去，把钒氧化率搞上去！"他把这两个"学数学的人才"华罗庚的学生介绍给提钒车间主任陈岐，要求车间大力支持他俩的工作，

李吉鸾在华罗庚夫人家（北京）

并且亲自批示购买2部CASIO计算器用于提钒攻关的数据分析与数学建模工作。

刘祥官和李吉鸾没有辜负黎明经理的期望，在华罗庚老师与助手的指导协作下，终于取得了提钒工艺攻关的突破性成果。正是这一重大成果激发了攀钢公司领导的智慧，在1980年6月正式发文给中国科学院，聘请华罗庚教授担任攀钢公司技术顾问，成为钢铁产业与数学界的一段佳话。

二、从基层做起

1966年，毕业于中国科学技术大学应用数学系的刘祥官、李吉鸾，几乎没有学过任何钢铁冶金工艺技术和理论

知识。面对承担的攻关重任，他们甘当学生，从头学起。为了揭开提钒的奥秘，他俩扎根到了提钒车间，身穿炼钢工人的工作服，头戴安全帽，足蹬大头鞋，天天在高温烘烤着的提钒炉平台上，孜孜不倦的询问工人：铁水中钒的含量有多少？有哪些化学成分？那些设备都叫什么？操作的关键因素是什么？……他们只能在车间里读着"无字的天书"，因为中国工程技术人员创新开发的雾化提钒工艺，几乎查不到相关的参考文献。他们从提钒车间背回一麻袋生产记录和实验数据，在自动化所的办公室里进行着艰难的计算分析和数学建模工作，冥思苦想着如何才能够提高提钒的氧化率。甚至借鉴打桥牌叫分的规则，探索提高钒氧化率的途径……

半年后他俩动手编写了《运用数学方法探索雾化提钒生产规律》的小册子，印发给车间工人，尤其是那五大员（炉长、一助手、二助手、操作员、记录员）。他俩轮流在白班后、中班前抓紧时间给工人们讲解各岗位的优化操作规律。在操作室里，反映生产操作规律的图表贴在仪表柜上，工人每操作一炉的数据，他们就及时认真填在图表上，通过对比分析，工长们讲话了："看来你们找出的规律是正确的。"他们终于从工程师们感到困惑的"杂乱无章、毫无规律"的数据中建立模型找到规律了！

在操作室里，他俩总是一丝不苟的观察每个控制环节，注视着每一个微小的变化。白天，不管是在提钒炉前平台还是操作室里，他们都要跟工人们进行交流。下班回家后，还要连夜处理从车间搬回10多公斤的生产记录和实验数据，阅读雾化提钒的相关试验资料。

他俩夜以继日的工作，呕心沥血地寻求优化答案。这对夫妇，真的是一对有执着追求科学的铁人，有着鼓足攀登科学高峰的劲头。白天照常上班、下班，晚上又是高强度的彻夜加班、加点……对他俩，尤其是李吉鸾的身体透支，严重地影响她后来的健康，以至于不幸英年早逝。

三、难忘的 18 个日日夜夜

李吉鸾、刘祥官自从承担提钒任务那天起，就把自己变成机器人了。

炎热的夏夜，他俩全身已是挥汗如雨，仍然是各坐在自己的那盏灯下工作起来了。一支笔、一台简易的台式电子计算器，开始了艰难的长征之路。

一把一把的汗水，一摞一摞的原始数据计算表，一堆一堆的草稿纸……坚持不懈的寻找，再寻找，终于从数学的角度，在理论上总结出来雾化提钒提高钒氧化率的优化规律，找到了雾化提钒工艺的最佳操作参数。为了验证理论上的最佳参数的可靠性，他俩反复查阅、验算攻关组的试验报告，逐一对照，有问题及时弥补，绝不马虎，即使是细小的环节也要引起重视。这俩人呀，总是那样严谨，一丝不苟地工作着。严谨是有收获的，他们敏锐地指出提钒试验总结报告中数学建模需要改进之处，又预测性地指出报告附录中原始数据的错误。该数据按照优化规律应当是 90% 以上的高氧化率，但总结报告中只有 75%。后来经过实验组成员核查原始记录，果然是 9 错印成了 7。

后排左一作者，左5市委书记韩国宾，应作者邀请给攀矿教师传达"十三大精神"

　　这俩夫妇，犹如钻进了雾化提钒的黑洞里了，一干就是176天。经过176天的冥思苦想，潜心刻苦钻研，他俩向公司领导提出了研究报告：《运用数学方法探索雾化提钒生产优化规律》。负责公司科技工作的副总工程师胡文淦组织了科研、设计、自动化和车间生产有关技术人员听取了李吉鸾的技术汇报，大家一致认可了系统优化工作的初步成果。并且决定由公司发文安排组织生产攻关试验进行验证。终于在1980年1月11日这一天，正式投入生产攻关试验了。这一天，他俩早早的来到提钒车间1号提钒炉的操作室做好试验前的准备工作，攻关组的其他成员也陆续来到了试验现场。

　　在公司主管生产的指挥长韩国宾的有力组织下，试验工作一切正常展开。第一阶段，就是 1 月 11 日到 1 月 14 日情况良好。第五天，生产条件变化……指标数据发生了变异！这一天，李吉鸾、刘祥官心情沉重地回到家，又是一夜未眠……他俩一直在讨论，在找原因……刘祥官又从物理的流体力学的角度，反复进行计算，终于通过假设检验，提出存在一个新的工艺参数的设想。这个假设是否成立，要通过生产试验验证。在车间主任陈岐、伍礼成的支持下，试验逐步展开。

在雾化提钒试验的日日夜夜，不管是遇到难题，还是取得进展，李吉鸾、刘祥官总是持之以恒的按时追踪夜、白、中三班的操作。每天早上 7 点来到 1 号提钒炉操作室，晚上 7 点才离开。他们细心观测、记录、计算、绘制图表，分析每一炉钒的氧化率是提高了还是下降了，都要一一记录下来。晚上在家里则继续进行数据的深入计算分析和模型验证工作。

1980 年 1 月 15 日中班开始，9 炉氧化率数据异常。李吉鸾、刘祥官又是通宵达旦地忙碌起来了。

17 日后，他俩向车间主任汇报了数据分析结果和发现新规律的猜想。领导听后十分感动地说："新规律发现越多越好！"他们为第一次遇到这两位爱动脑筋、敢于创新、这么及时发现问题的科技人员而欣慰。

1 月 22 日的记录统计表明 1 号提钒炉从 17 日到 21 日连续 4 天的平均氧化率已经达到 90% 以上，典型班次连续十几炉达到 93.8%，生产攻关试验进入了高潮。1 号提钒炉的工人们基本上把握了优化操作的规律。

1月23日，2号提钒炉十多天来钒的氧化率不到80%，日平均只有76%。

1月24日2号炉白班第一炉提钒的氧化率77%，车间领导果断决定采取措施，用上β角这个新参数，果然一招见效了，接着的第二炉提钒的氧化率达到93%。

1月26日，2号提钒炉24日到26日之间的平均钒的氧化率都达到90%以上。新工艺参数β角对提钒氧化率的关键性作用被生产试验证实了。车间副主任又谨慎地提出：还差一个反证。这就是要验证取消新工艺参数β角又会如何？他亲自动手调整了雾化器的β角。结果是提钒的氧化率立即跌落，真是灵敏得很。

1980年1月28日这一天，结束了18个日日夜夜的雾化提钒攻关任务后，攻关组召开了总结会。公司领导、攻关组全体成员、提钒车间的工人和技术人员聚在一起，个个满面春风，为取得攻关的突破性的胜利而欢呼！而喝彩！人人都侵润在喜悦的气氛之中。设计院的高工感叹地发言："数学为雾化提钒工艺攻关的成功立下了奇功！"

至此，大家看到：前苏联的提钒工厂，为了提高钒的氧化率，花了很长时间改进工艺，他们从钒的氧化率80%提高到90%就用了6年多的时间。攀钢雾化提钒工艺通过系统优化工艺参数，不到一年就实现了跨越式发展，指标达到了国际先进水平，验证了党中央关于科学技术是第一生产力的英明论断。

1980年3月，在第三次攀枝花资源综合利用科研工作会议上，雾化提钒工艺完善提高攻关成果引起了轰动。方毅副总理、冶金部和国家科委领导在大会报告中都点名表扬了该项创新成果。

四、金牌

雾化提钒投入生产，经过了六个年头的生产考验，证实了《应用数学方法完善提高雾化提钒生产工艺》这项成果的正确性和可靠性。

1986年，攀钢公司进行了技术鉴定，准备申报国家级的科技进步奖。

在经历申报国家科技进步奖的过程中，又是经历了两年的艰难之路。要经历层层鉴定、层层审评、层层答辩……要想让自己创造出来的科技成果，能被评到国家级科技进步奖的一等奖，真不是一件容易的事情！

1986年5月，攀钢科技处将《应用数学方法完善提高雾化提钒生产工艺》这项科技成果，上报四川省冶金厅，进行冶金行业的技术鉴定。

1986年10月16日，省冶金厅召开了鉴定会。参加鉴定的专家有四川大学敖硕昌教授、重庆大学段虞荣教授、成都科技大学王荫清教授等省内高校的著名教授。另外还有电子科技大学、省评委、省计经委、省冶金情报所，以及冶金部攀枝花资源综合利用办公室的有关领导、副教授、工程师等21人参加，用了一整天的时间进行了汇报、答辩、鉴定，当时给了很高的评价。

1987年7月经攀钢公司王喜庆总工程师批准，将科技成果《应用数学方法完善提高雾化提钒生产工艺》更名为《攀钢雾化提钒工艺参数的系统优化》,并向四川省申报省级科技进步一等奖。

1987年9月8日刘祥官代表课题组到成都参加省科技进步奖评审会的答辩。评审结果得75.63分,不够80分。年底复审评为1987年度四川省科技进步二等奖。

省冶金专业组、省冶金厅的领导和评审组的专家都觉得,在评审打分过程中存在不足之处,只评为省级二等奖太可惜了!必须采取补救措施。经省科委协商,省冶金厅科技处领导决定将该项目直接推荐到冶金部科技司,参加国家级科技进步奖的评审。

1988年1月,在冶金部科技司专利成果处熊爱丽、宋志昌等领导的审查、指导下,攀钢的胡文淦、刘祥官和中科院徐伟宣三位成果主要完成人在北京完成了《国家级科学技术进步奖申报书》的填写工作,直接报送冶金部科技司。

1988年3月底,攀钢又收到了冶金部科技司发来的紧急通知,要求在4月6日前派人前去北京汇报、答辩。

攀钢公司科技处张泽田处长在急件上批示"请综合科通知自动化部李吉鸾、经研所的刘祥官着手做好去北京参加答辩的准备工作"。

在相关领导和攻关组成员的共同参与和大力协作下,制作了十几张技术图表和答辩用的技术资料。

刘祥官、李吉鸾到了北京,才知道全国有六个科技成果项目,参加全国冶金行业组的评审答辩。刘祥官、李吉鸾沉着、冷静地面对着众多专家学者和评审人员,着重从两方面进行了阐述。

1. 所申报的国家级科技成果，已经经历了攀钢提钒车间六个年头的生产实际应用和检验，它为国家增产了大量钒渣，取得了巨大的经济效益。

2. 该项科技成果，曾经历过众多科技工作者苦苦攻关了15年。最后，通过运用数学物理模型和流体力学理论，揭示了β角等新的工艺参数对提高雾化提钒的氧化率的提高有关键性作用，通过系统工程和工艺参数的系统优化，不到一年时间就使钒的氧化率和收得率到达了国际先进水平。

他俩用娴熟、精辟的语言汇报，靠功底深厚、高智商的答辩征服了评审专家！首阵、首轮就胜出啦！

冶金部科技司熊爱丽等领导向他俩介绍了最后还要经过国家最高级层次的答辩，对时间的要求是很严格的。10分钟"汇报说明"，5分钟"录像汇报"，最后是10分钟"提问与答辩"，总计25分钟，一定要严格遵守时间。

刘祥官、李吉鸾回到攀钢后，立即向公司科技处领导作了汇报。随后又抓紧时间，按照要求写出将要参加更高层次的汇报、答辩的文字材料，编写了录像脚本，报送公司保密委员会审查批准，请攀钢电视台来到提钒炼钢车间进行实地录像。提钒车间工人就承担了演员的职责。

在这段准备时间内，李吉鸾、刘祥官如奥运运动会夺金牌的阵势一样，天天要练习内功；又像戏剧演员一样，天天背台词，练武功，练身段。处处认认真真的去做，一点儿不敢含糊的。5月23日经公司科技处审查、批准通过了！唉，总算完成了准备工作。

1988年6月24日上午11时20分，在北京北太平庄远望宾馆的会议大厅里，中国科学院副院长主持评审会，61名各个行业的专家、教授、高级工程师以及科学院学部委员组成了评审团，评审攀钢和中国科学院应用数学所合作完成的成果——《攀钢雾化提钒工艺参数的系统优化——完善提高提钒工艺技术》。

这项重大成果的评审工作开始了。气氛庄重、严肃。公证席上，坐着北京市法律公证处的律师。这场面，真有些紧张！好在大屏幕上，先放映5分钟的录像汇报短片，给被答辩者有了5分钟稳定情绪、理清思路的最佳时间。屏幕一停，李吉鸾从容不迫的站起来了，她按顺序依次讲解十几幅挂图、表格，技能熟练，汇报清楚，语言表达流利且准确。9分钟54秒，全部汇报完毕。

接着，主持人请来冶金部科技司的那宝魁司长，中科院化冶所许志宏所长，上海冶金局总工程师，如上3位主审人分别提出了关键性问题。

这三位领导提出的问题包括：雾化提钒工艺与国外其他提钒工艺的性能对比；雾化提钒工艺的技术经济指标水平状况；以及工艺发展的前景等。显然，这些问题都是关系到雾化提钒工艺生命力的关键性问题。

刘祥官简明扼要地回答，而且是在规定的10分钟内有理有据的完成了答辩中提出的全部问题。

这俩夫妇在国家科委主持的汇报、答辩舞台上出色的表现获得了科委相关领导的好评。成果办主任赞赏地说："你们的熟练介绍和答辩，表明该项成果是你们实实在在完成的。"

七月十五日,《人民日报》公布了1988年度国家科技进步奖的获奖成果名单。在一等奖栏目中,有冶金部攀枝花钢铁公司和中科院应用数学所合作完成的《攀钢提钒工艺参数的系统优化——完善提高提钒工艺技术》。其主要完成人顺序是,刘祥官、李吉鸾、陈岐、伍礼成、胡文淦、徐伟宣、徐中玲、陈德泉、华罗庚九位同志!

五、天堂,地狱

刘祥官、李吉鸾夫妇,不管做什么工作都是踏踏实实的。总有一股干成功的拗劲,他俩能在神秘的数学王国里,如大海捞针一样,寻觅到雾化提钒的"金钥匙"。凭"金钥匙"使钒的氧化率和收得率达到世界先进水平。这一重大成果也使靠进口钒的中国,一跃成了钒的出口国了。

他俩不仅在科学研究方面力争在不断提高国家科学技术水平的过程中表现爱党、爱国的满腔热情,还在参与组建民主党派,在为攀枝花市政府的党政建设工作中有过重大贡献。

在攀钢党委统战部的安排下,刘祥官加入到民主党派九三学社,任攀研院支社主委,被九三学社中央评为优秀社员。后来,又被攀钢党组织吸收为中国共产党员。刘祥官1991年被中共攀枝花市委市政府授予"有突出贡献的专家"称号。

他还曾受聘为清华大学应用数学系副教授,这位了不起的科技人才,曾经与妻子李吉鸾,还有他的女儿刘芳共同撰写过近百篇科技论文和学术专著，多篇论文还参加了国际学术交流。

刘祥官夫妇引进浙江大学数学系后，又在钢铁冶金行业完成了4项省部级科技进步一等奖和二等奖的成果。刘祥官主持了两项国家科技部重点推广计划项目，获得2项国家发明专利。为推广先进科技成果，他带领学生跑遍山东济钢、莱钢，山西新临钢，新疆八一钢铁厂，河北邯钢，内蒙包钢以及首钢、宝钢、鞍钢、武钢、攀钢等国家特大型钢铁企业，继承发扬着华罗庚教授开创的应用数学事业。

刘祥官2005年被浙江省省长吕祖善聘任为浙江省人民政府参事。2008年评为浙江省特级专家。他在浙江大学担任研究员、教授、博士生导师和浙江大学统优化技术研究所所长期间培养了30多名博士生和硕士生，为高校、金融业、IT业、钢铁等行业培养了优秀的应用数学人才。2010年他被中国科学技术协会授予"全国优秀科技工作者"光荣称号。

李吉鸾，1980—1991年连续12年评为攀钢、攀枝花市的"三八红旗手"，之后又两次被评为四川省"三八红旗手"。1983年荣获全国"三八红旗手"的称号，并出席全国妇联第三次代表大会。她在攀枝花市推选为四川省第五届、第七届省政协委员，攀枝花市第三届、第四届政协副主席，市科协副主席，民盟四川省委第七届、第八届常务委员和民盟中央科技委委员，她为攀枝市的党政建设做了许多工作。

1990年金江车站接钱伟长
右一李吉鸾，右二钱伟长

李吉鸾曾经被选为度口市第一届人大代表，还被聘为清华大学应用数学系的副教授。

她调往浙江大学工作后，增补为民盟浙江省委常委。

她曾经为组建和发展壮大中国民主同盟攀枝花市委会的基本队伍，团结民主人士，在攀枝花市委统战部支持下，在1984年4月27日—30日，1990年6月1日到2日，两次请来了时任民盟中央副主席的钱伟长教授亲临攀枝花市，为攀枝花市的科技发展和统一战线建设献计献策。这可是中国号称"三钱"的伟大人物啊！（"三钱"指的是钱学森、钱伟长、钱三强）

第四章　光辉灿烂的群星 | 79

民盟度口市委与钱伟长合影
后排左三作者，中排右四李吉鸾，前排左十二钱伟长

　　李吉鸾真有本事，也只有她才有这个本事。她亲自赶赴北京清华大学的住宅区，到钱伟长的家里，请来了钱伟长给攀枝花人做报告。

　　记得我第一次去市里开会，碰见民盟市委会组建办公室的陈健老师（已故），他给我两张去攀钢大礼堂听钱伟长报告的门票。陈老师反复强调，这票是发给处级干部的，一定要珍惜。

　　次日我同我校女校长乘坐教育处的小轿车来到攀钢礼堂，对号入座。李吉鸾主持这个报告会。钱伟长站在舞台前的一个讲桌后边，没有拿讲演稿，不喝一口水，头脑极为清醒！思路清晰，语言生动有力，会场不断发出了阵阵掌声……钱老的报告使我受益终生。要知道当时钱老已经70周岁了！没有讲稿报告了2个小时。后来，我加入了民盟组织，还担任了攀矿公司管辖区内的教育、医疗卫生系统的民盟支部的主委，再以后我们还和钱伟长一起合影留念。

在李吉鸾等人的努力工作下，在民盟省委会的指导下，新的民盟攀枝花市委会成立了，李吉鸾任民盟攀枝花市委会的主委。她后来也被中共攀钢党组织吸收为一名光荣的中国共产党党员，并且还当选了中共攀枝花市委会的候补委员。她为攀枝花钢铁钒钛基地的建设做出了巨大又辉煌的特殊贡献。

1990年，在武汉大学召开的全国工业与应用数学学会交流大会上，李吉鸾代表攀枝花市应用数学学会参加了这次交流会。尤其是李吉鸾做了大会发言，介绍了攀钢应用数学获得国家科技进步一等奖的成果，引起了全场与会者的赞叹和轰动！这是中国有史以来，第一位把应用数学应用到了炼钢提钒上的伟大创举呀！北京的教授们认为：这一成果标志着新中国自己培养的应用数学家诞生了！

就在这个会场上，坐着浙江大学数学系的系主任陈叔平及他带来的一帮数学智囊团成员们，这帮人却在会议期间运筹帷幄地挖掘人才。当然首要任务，就是设法把李吉鸾、刘祥官尽快调到浙江大学来搞科研或任教，以便更好地发挥他俩夫妇的才能。

后来，李吉鸾、刘祥官离开了曾经生活整整20年的攀枝花。他们举家迁移到杭州市，定居到西湖风景区附近的浙江大学求是村。

杭州是最美丽的人间天堂，浙江大学又是当时号称为

第四章 光辉灿烂的群星 | 81

中国第三名的高等学府,就是说仅次于清华、北大。

初入浙江大学的李吉鸾、刘祥官的工资收入只有攀钢工资收入的三分之二。当时女儿刘芳又遇车祸,重伤住院治疗一月之久才痊愈的。

李吉鸾真是位了不起的女强人,还是一位聪明能干的女铁人。她顽强的撑起了这个家。她明白在这个高手如云的浙江大学里要堂堂正正的显身手,首先要适应高等学府的规则,勤学苦练出真本事来,要闯出自己能走得通的一条路。

李吉鸾守住了浙江大学这块教育阵地。在两年之内,就连续为攀钢办起了三期中层干部培训班,既为攀钢培训了人才,也为浙大数学系创收了教育经费。系里教师们常说:"刘祥官、李吉鸾是我们系的科研摇钱树。"1995年他俩主持的杭州钢铁厂项目经费72万元,超过了全系老师的全部基金项目经费,也为本科生教学一下添置了20台终端机。

数学系招收的95级学生是一个全部男生的班级。这个班的学生并不安心数学专业,思想复杂,不好管理。原来由青年教师当班主任,一年下来,这个班级成了全校的落后班级。

系领导想到李吉鸾老师会有办法,就把这个"和尚班"交给她去管理。

奇怪,李吉鸾接过班主任工作没多久,班里的学生来了个180度的大转弯。变安静了,变得爱学习了。因为李吉鸾跟这帮小青年交上好朋友啦。她像妈妈一样地关怀、爱护、教育和管理这个班级。每周3~4个晚上她都要到宿舍去看望、了解同学的学习生活情况。周末,她组织学生开展登山活动,在山顶休息时给学生讲解学习数学专业的意义,尤其是叙说到数学家华罗庚在攀钢完成的国家科技进步一等奖成果的故事,让学生了解数学的应用价值的重要性。在同学们懂得了学习数学的用处与价值之后,这帮"小和尚"们,心灵的窗户被打开了。这个班级一年后就获得了学校"先进班级"的荣誉。

从民盟浙江省委人士获悉,李吉鸾被推选为下届民盟浙江省委副主委的候选人,我真为她感到高兴!从祖国边陲攀枝花市转移阵地到浙江大学,她又开始了新的征程。我祝她成功!

我是因儿子考入杭州的大学,提前退休,来杭州的。得知李吉鸾一家人定居杭州,便去她家拜访。见面如故,有说不完的知心话儿!尤其是李吉鸾的话闸子打开了……当时我俩有个约定:双休日一定到她家来的。此后,不管我的工作忙还是不忙,每到周末,她都来电话,催我双休日一定、一定要去她家。尤其是她的姐妹,她在大连工作的儿子来杭州了,也叫我一定去她家里……后来,我觉得自己的两只耳朵变成了李吉鸾的"语音收录机"了。她的成就,她的委屈,她的烦心事儿,她的故事,她的理想抱负和志向……全部收藏在我那两只耳朵里了,存入"语音收录机"里了。

夏天,她见我身着真丝连衣裙,约同我去杭州真丝市场帮她挑选一件。可转了好几圈,选不到合身的,她得知我穿的真丝连衣裙是我自己做的,她只好买段真丝布料叫

李吉鸾在西湖边

我给她也做一件。

我量好她的尺寸回到自己的出租房内,认真地给李吉鸾做好一件真丝连衣裙,她满意地穿在身上啦!

1996年仲夏,李吉鸾体检中查出重病缠身,进入肺癌晚期了!天哪!这晴天霹雳打得刘祥官悲哀得肝肠寸断……他立即着手四处查找最好的医院、查找最好的医生,情急之下带着重病的妻子乘飞机去北京,住到了民盟中央招待所,还是找最好的医院、最好的医生……可惜晚了一步呀!没有回天之力了!

我心如针扎、泪如涌泉……李吉鸾呀!李吉鸾!你什么样知心话儿都能向我讲,你的病痛,你的身体有不舒服的地方为什么只字不提呢?你的心中只有事业,完全没有你自己。你!你为什么要忍着病痛直到最后……

为什么?为什么?年富力强的李吉鸾,正是干好事业时候的李吉鸾,却被死神拖到地狱去了呢?病魔的狂风暴雨浇灭了她52岁的生命之火。原冶金部副部长、炼铁专家周传典曾经撰文感叹李吉鸾的英年早逝,说:"炼铁人不会忘记她!"

十九年后的今天我写出你们的光荣历史,献给攀枝花市,献给攀枝花建市50周年的纪念日。

第五章
继续移民

第一节　歪打正着

一、金蝉脱壳

1975年，是"文革"这场持久内战的第九个年头了。那些"根正苗红"的造反派们，在已过去的九年中，砸烂了中国教育阵线这个大平台，也斗倒了科学技术界的成千上万的知识分子，也清算了走资派还在走的各级领导干部……该收手了吧？非也！这些只会整人为乐、没有真才实学的反对派们，又绞尽脑汁挖出"地、富、反、坏、右"，这些"老家伙"不管是死了，还是活着，他们的子子孙孙还在。虽然新中国成立后有26年了，谁叫他们出身不好？"老子英雄儿好汉，老子反动儿坏蛋"的口号就是他们的行动号令。他们收集材料之后，又炮制出黑五类的名单。我得知也被列入黑名单时，心急如焚！

我还有很多、很多事情要做，再没有精力被卷进那些无聊的黑旋风中去了。

已过去的九年中经历过太多、太多的大辩论，大批斗的运动，大串联的游走……弄得人与人之间沟壑万千。再说，如今我是一对儿女的母亲，我的责任是养育、保护好自己的血脉。那飞翔的鸟儿，那领着一群小鸡的老母鸡，它们都会拼命地保护自己的小崽崽，何况人乎！？

我左思右想，最好的办法是金蝉脱壳，离开此地，飞到更远的地方去……怎么走？往哪里走？好像有神灵暗中保护着我。每次，我面临大困难之时，就会有新的转机。

有一天，县医院的书莲（化名）药剂师，急匆匆地来到我家，她面带忧愁，双眼红肿。我怜悯地扶她坐下，又去端杯热茶给她，见她情绪稳定之后，我俩打开话匣子了……原来是，县医院领导通知她，准备把她调到度口市去从医。天哪！我感到很震惊！书莲妹妹，毕业于沈阳医科大学的优等生，毕业分配时正是文化大革命初期，大学生分配难的当口，阴差阳错，她被分配到了当时歌词里的"北大荒，真荒凉，又有兔子又有狼，就是没有大姑娘……"的地方。

当时的幼稚、天真的书莲还是位刚结婚的新娘子呢！那时的年轻人，都有着能到艰苦地方去锻炼的机会而感到光荣。她满腔热情地来到了县城的小医院，踏踏实实地工作有几年了。

书莲的丈夫比她高一级毕业的，留在沈阳的大医院从医。她的父母定居沈阳市区，他们一直等待着书莲调回沈

左李正英，右冉靖非

阳去，同家人团聚呢。如今又要被"发配"到大西南，那崇山峻岭的度口市去从医。从小在平原大城市长大的书莲，突然要去一个陌生的山沟沟里。满腹经纶的女性，正期待着一个温暖的家庭。更期待着有个能发挥医学才能的地方……我查看了新版的四川省地图后，眼前一亮，计从心来。我决定来一个"狸猫换太子"。便向书莲妹妹说明了我要冒名顶替书莲的打算。

我俩想好了对策之后，直接跑到县委办公室里去了，找到相关负责人之后，又经历了一场"唇枪舌剑"之后，终于征服的对方。县领导组织部的相关人，先是给县医院党委打电话，说明支援度口市的名额已满，书莲回县医院照常上班。随之，又给我单位领导打电话，通知说，准备把我抽调到度口市去任中学教师。

后来，很多好心人劝我留下，而且还有不少人给我介绍对象，他们说，别去那个鬼都不敢去的度口市。据说那个地方很艰苦、交通不发达，没有平原好……也有人骂我是个"大傻瓜"、"神经病"什么的，30多岁的单亲之家的女人，还带着两个孩子，在平原地区才有发展前途，去那个穷山恶水的地方，活遭罪吧……天知、地知不如我知。我在四川省地图查到度口市，也知道湾丘农场就在度口市附近，有成昆铁路相通，去湾丘农场我姐姐李正英家很方便。从成都再转火车回平昌我的亲娘家去也很方便。亲娘、亲的兄弟姐妹们，他们才是我一生的牵挂呀！

后来，在我姐夫冉靖非的协助下，很快收到度口市组织部的调令，我拿着调令办理了迁移户口和其他事务

因病夭折的文艳

事故夭折的小娟

的工作之后，买好南去的火车票。只身一人，背一个，抱一个爬上了火车。两个孩子玩得正欢喜快乐的时候，蓦地想起在北大荒，在这片黑土地上工作十四年的时光里的是是非非。黑土地呀，黑土地，留下了我的脚印，留下了我的青春年华。那里有过我的爱与恨，有过我的血汗与泪水，还有那永远带不回来的文艳女儿、小娟女儿俩姐妹的幼小生命，她俩夭折在这片黑土地上……

二、住进席棚子

1975年8月底，我拿着调令来到度口市委组织部报到。当时受到他们热情接待，受到他们亲切的关怀。尤其是开介绍信的人直言不讳地说明情况，他们本意是想把我留到市属中学，或是攀钢系统条件好的中学去任教。所以特地介绍了攀矿的中学条件很差，尤其是中学教师还要住席棚子。

当时，我也犹豫过，可是，为了一个承诺，我还是咬住牙，决定去攀矿中学任教。

因为，我那位在湾丘农场指挥部工作的冉靖非姐夫是直属于攀矿党委管辖区的，在他的协助下给办理我调入度口市从教的调令时，承诺过，我来度口市后，一定要分配到攀矿系统的中学来的。这个地方太缺教师了。幼儿园、小学的老师一律由矿山职工家属代替，对这些教师的教育水平也是采取轮流培训的办法。初、高中要求更高水平的教师，只好向全国各地招聘了。

我向组织部相关负责人说明了去攀矿中学教书是为了

兑现承诺的理由后,他们给我开了证明书。我拿着"证明"背起自己的背包,从金沙江的南岸踏上了还在晃动着的渡口大桥北岸端头,走向桥的北端,找到了开往攀矿地区的公交车站。我上了公交车,看见南面是涛涛不绝的金沙江,北面是高入云端的悬崖峭壁。公交车行走的这条公路肯定是从 1965 年 3 月就来此地的拓荒者们人工开凿出来的!

公交车到了瓜子坪站,我下车了。边走边问,顺着一条干枯的溪沟,踩着鹅卵石一步一步地向上爬去。这荒草丛生中的地方,有一种叫作火箭草的家伙真利害!不一会儿就扎痛我的双腿,我不动,它就不痛,我一动它就往肉里钻……难道是虫?我解开裤带一看,它们是一颗一颗带箭头形状的种子停留在我的裤腿上了,只好摘掉那一颗、一颗有箭头而且细长的种子,避开野草丛生的地带,另寻捷径了。

我终于找到了"攀枝花矿山子弟中学校"的校牌了,是座新建筑的楼房,正散发着浓浓的油漆味呢。

"喂!你是从黑龙江省调来的李老师吗?"我回头答,"是的!您是……"她取下我的背包后,随即背到她的肩膀上,便介绍自己叫徐丹(化名),是这个中学的出纳员。校长接到市组织部电话后,叫她来此地接人的,她领我到了一片席棚子住宅区,走到门口,拿钥匙打开门说:"这是你的临时住房,靠双人床那边的隔壁是托儿所,最东头比较大的住户是校工段师傅,最西头住户是校工丁师傅。校长考虑你是单身又带着两个小孩子,你住这个地方是最安全的。那两个工人师傅都不错的,有事叫他们来找我吧。"

我细心地看了我的新居，挂有白色蚊帐，铺着竹席的双人床一放，房间内就没有多大的空间了。靠门旁也放一个小小的写字台，一把椅子，一个台灯，就显得拥挤。我出门走了一圈发现，没有厕所、没有厨房怎么办？我见到其他人捡来三块石头架口锅，又捡来些干柴做起野炊啦！当时我有点伤感与好奇的想法。伤感的是，度口这个地方是1965年3月开工，几十万人迁入此地，到1975年8月底，已经是10多个年头了呀，建设速度为什么这么慢？住席棚子，刀耕火种，吃饭靠野炊，还有跟农村一样漫山遍野的拉屎、撒尿……当时，心酸地掉眼泪啦。

我好奇的是，有机会能让孩子们从小就过一过比原始人还强、比山顶洞人还强的生活吧。后来姐姐李正英搭乘湾丘农场给攀矿送各类生活物资的汽车，把两个小孩子和我的行李用具也送到我的住处。

我们四人，就挤在5-6平方米的席棚子内讨论做饭的重大事情。我们先在距席棚子8-9米远的地方用三块石头架起一个灶，再放上一口锅，煮饭了。好在这个山坡上到处都能捡到干柴，这可是小孩们最喜欢做的事，他俩把干柴往灶孔一扔火苗升起来了，他俩也在空地里跳呀！唱呀！高兴极了。下雨天，我们只好去三井巷食堂搭伙了。

我上班的头一天就把两个孩子送到隔壁的托儿所。房间虽是席棚子，可它高大有两间，一间放有几张床，放的是不会走路的婴儿床，一间是有桌椅板凳，地上还有几只皮球，其他什么玩具也没有……我那两个孩子一进屋就往外跑，一直跑回我的住居。我给他俩一人一瓶凉开水，各一个水果，各一包饼干，各一本小人书，说好了，我下课回来接他俩去爬山，去三井巷吃中饭。还是当姐姐的小丽懂事，她拉着弟弟又回到了托儿所。

　　我上完两节课之后，快步来到了托儿所，去看看他俩。没有人？！阿姨说："这两个小东西早就跑回家去了，坐在你家门口，拉都拉不回来。"我回家一看，他两脸上、手上都是血印，书也撕烂了，衣服也撕破了。我没批评自己的儿女，只是流着泪，打开门给他两洗个脸，换身衣服，拿着三井巷食堂的饭票，一手抱一个说："是妈妈的不对！乖乖！明天不去那个托儿所了。走！我们找地方吃饭去了。"两个懂事的小家伙一边一个亲亲我的脸说："妈妈，是我错了，我不该跟小朋友打架。"我笑了。我一手拉着一个向三井巷食堂走去。

　　吃过午饭后，带着两个孩子直奔三井巷幼儿园去了。找到幼儿园的园长，把小儿子送到三井巷幼儿园的想法向园长说明了，这是一个正经八百像样的幼儿园，条件很好，价钱也高，好在学校财务科全部给我报销了。女儿，她坚决要去上小学，小学就在中学的旁边，来回接送也很方便，才刚满五周岁的女儿在小学还是班上全100分的尖子生呢。

　　在这个简易的席棚子里住了一年多之后，又搬进了干大垒，还给我分了两大间，还有空地，可以单门独户的修建简易的厨房和卫生间。

三、无米之炊

1975年九月中旬，总算开学了。开学的前几天，我去教导处给学生领课本，没有？！任课教师的教材、教学大纲都没有。教书人，没有教材怎么教书？学生没课本来学校干什么？真倒霉，没有教科书怎么给孩子们上课？真是巧媳妇难做无米之炊。当时，我的任务是担任初二年级一个班的班主任，教初二年级的物理课。那些从师范院校毕业的大学生，那些资深的老教师也很着急。教导处只能给每个任课教师发份报纸代替教科书，也把学生带到校内农场去劳动的时间顺序表安排好了，发给每个班主任一份。无奈！只能读报纸或者是领着学生们去农场干农活来混时间。时间长了那些生龙活虎的初中学生们就会闯祸的。孩子们不能没有知识呀。为了安定初中生的心，我每天要给他们讲故事，我讲苏联作家高尔基的文学作品，讲普希金的"渔夫与金鱼"的故事，讲中国古典小说《三国演义》、《水浒传》的故事，还讲抗日战争、解放战争、抗美援朝战中的英雄人物的故事……我发现这些知识匮乏的青少年们总是那样瞪大眼睛，竖起耳朵认真的听着。我也给他们布置任务，让大家回去都要去准备个节目："讲故事、猜谜语、表演一个节目都可以的。"只要能上讲台的，我都奖励一颗糖块。那时，完全是凭糖票买糖块的，正处票证供应时代，能得到一块糖就是最高奖赏了。就这样把初中生，当做幼儿园的小朋友去哄了，一哄就是半学期。

初中的教科书到了。我带着班干部去领书本发给每个学生了。好了，学生们可以受到正规教育了。

有一天我正在备课，教初中一年级地理课的李泰康老师来到我身边，他说："初一的'中国地理'课本中有什么要建立气象哨？要求组织学生每天做天气预报……我搞不懂。听说你是学气象的，我给你换课，我教初二的物理，你去上地理课行吗？"我满口答应！立马同他一起去教导处交换课本。

从此，我任初一全年级的中国地理课及初中二年级的世界地理课程。以后攀矿修建起一座设有高中部的子弟校后，我又被调到高中部去教高一年级的高中地理课程和高三参加高考的地理科目。再以后还抽调去给那些处级干部没有大学毕业文凭而准备参加高考的干部们，上过几届高考复习班的地理课程。曾经还兼上过培训小学老师提高文化水平班的地理知识课程。

我在度口市（后恢复为攀枝花市）这个地方工作过22年。其中，我先后被选为民盟攀枝花市委科技部委员，任攀枝花市教育局地理学会的理事，被推选为四川省第六届省政协委员。在22年中，受到攀矿教育处及学校党组的关怀和照顾。各级领导给予过我去深造的机会，给予提职的机会。就在1975年初冬，攀枝花市气象局的代理局长商祖绍，曾经劝我归队，回到气象部门里去，她准备推荐我去任高层领导……因为气象局更缺人手。

"人往高处走，水往低处流"这是个最简单的生存逻辑。当时我都不敢去想。曾经我有过多好的机会！我只能望梅止渴了。我的命运，我的人生注定只能像只蜗牛负重前行！像只蚂蚁一样忙碌一生的呀。

因为，我的亲娘，我的兄弟姐妹，还有我的儿女们，他们都让我牵挂一生……张开琼是我亲娘，她一生苦难的经历都可以写一本书了。趁学校放寒假之时，我回老家农村，到了一个叫李花坪的地方去看望我的亲娘张开琼。当我看到她老人家大口大口地吐血，得知她还患有传染性极强的三级肺结核，还有脱肛、子宫严重脱坠……无药可治了。可怜的娘呵，她还带病下地去干农活。

我心痛的直流泪，决定设法带她到大城市里治病。有一天我正在做着离开此地的准备工作时，生产队长来到我跟前，严肃地宣称："地主婆是我们监管的对象！不能离开本村半步。"我的心里在流泪，在流血呀！在那段阶级斗争为纲的年代，不能辩驳、更不能硬撞！我只能去社办公室，去乡镇府办公室说明病情的严重性，请求放行。天哪！这些草菅人命的官老爷太可怕了！我走出得胜镇乡政府办公室，在得胜街道上，那一块一块古老的石板路上徘徊，我看着古老的石板路留下一行一行红军路过此地时的标语、口号，还有那墙上留有两万五千里长征时的许多标语。我在想，伟大的共产党解放了人民是为了人民过好日子，是让人民活下去……对呀！我得让我的娘活下去！我快步走向那些运粮的军车的队列中去，找到队长，便向他们求救。真巧！队长是位东北人，他听我的东北口音倍感亲切！他看了我的证明便立即答应我的求救。之后，约定次日早上7点带着老母亲和孩子们准时来此地上车。

次日天没有亮，大弟弟李正洪（已过世）带着他的家人把我们送上军车。也就是说，在军人的保护下，我安全

杭州雷锋塔，左一作者，后李正云，左二李正琴，右一张其秀

地让病重的亲娘离开了那个倒霉的地方。她来到攀枝花市，多次在瓜子坪职工医院，在五道河传染病医院住院治疗过……她老人家又多活了20年呀。这要感谢当时的政策好，职工家属及子女生病后可享受半费的全部医疗费用，包括住院的床位等费用。

后来，我倚仗继续移民入攀枝花市的政策，把在黑龙江省居住的妹妹李正琴、妹夫刘昌钰一家人迁入到攀枝花市来从医。还把在老家农村的李正云弟弟及弟媳妇张其秀一家人也迁入到攀枝花市来从事个体户职业。

第二节　薄弱的师资队伍

一、余毒难清除

1976年,是粉碎"四人帮"大快人心的一年,是"文革"结束的一年。

就在这个属龙的年号里,中国人心目中曾崇拜的偶像人物——朱德总司令、周恩来总理、毛泽东主席,先后病故啦!

他们仨,曾经是叱咤风云、改天换地、力挽狂澜的非凡人物。他们创办了中国共产党,团结各民主党派撑起了新中国红色革命的天地。

在抗击日本帝国主义入侵中国的时刻,又倡导团结一切可以团结的力量共同抗击日本侵略者,直到把日本军国主义赶出了华夏大地为止。他们曾经领导着中国人民推翻了"蒋家王朝",建立起了一个新型的中华人民共和国。这是中国共产党高层领导人集体缔造起来的新中国,对外扑灭边防线上的战火,对内又忙于国内的阶级斗争。那些一代一代肩负重任的风云人物的丰功伟绩,早已载入史册。他们不是神,他们都是些肉眼凡胎之人。岁月不饶人,到了耄耋之年,机体自然的也会走向衰败。所以伟大领袖毛泽东这位中国共产党政权的总舵手,在把握"文革"时期这条船摆渡时,却摆错了方向……毕境,他自幼受到的教育是封建制度时代的教育,封建落后的余孽浸润过他的肢体,伴随过他的成长。有功或有过已是过去的事,伟人们的功与过，让历史去评说。过去的，就让他过去吧。

我要聊聊39年前，在攀矿中学发生的往事。因为当年我在教书育人的岗位上，目睹过许多"文革"的余毒侵害青少年儿童身心健康的案例。

案例一

我兼任初一年级一个班的班主任时，不知从哪里流入到校内一股黄色气毒瘤——"少女之心"的手抄本（那是妓女卖淫细述），在十来岁的花季男童、女童之间传阅……甚至于有个别的男女学生，趁家长上班之时，偷偷地回到父母的床上，都脱光衣裤，边阅读、边做实验……当时有学生向我反映此事时，我立刻汇报给校领导，他们抓了个正着。随之来了"大清剿"校内的黄色毒瘤事件，加强了各班级对孩子们的正面教育。反复做了许多工作才给孩子们创造一个清新的学习空间。

案例二

我任初中二年级一个班的班主任时，其他任课老师反映："班上叫洋洋（化名）的漂亮女生上课时总是趴在课桌上睡着了。"我仔细观察，觉得这孩子有点不对头？！为什么？我先找来几位同她住得比较近，又负责任的学生，来当我的"小侦察兵"，请他们注意洋洋周围的情况变化，随时向我汇报。

随后，我又到洋洋家里去进行家访。天哪！这个家是他们家自行修建造的一户独门、独院，又坐落在山沟沟里，洋洋的妈妈长期独居一室，卧病在床上，家有五个小孩子，洋洋为老大，老二、老三都上小学了，洋洋的父亲是位善良的男子汉，靠低微的月薪养活这么多的人口，他还在房屋前后开荒种地，养猪、养鸡鸭……孩子们的毛衣都是他亲手给针织好了的，样样女红他都偷偷的能做好。因为他怕别人笑话才偷偷的去做的。

就在我家访后不久，我的"小侦察兵"们反映，洋洋三更半夜被男人领到那半山腰的山洞里去睡觉了……我心如针扎样难受。立马汇报给校领导，校领导、"保安"和我三人连夜爬上那个山洞，发现洞口有男人的脚印、烟头，有的烟头还燃烧着呢！肯定是我们的响动惊跑了坏人。

我们三人决定把洋洋叫醒之后，护送到我家，由我全天候地保护她。吃住、上课、放学后，又回到我家去住……在那些天里，她向我们三人倾诉："11岁开始就被矿山单身的工人叔叔给性侵犯了，为了几块饼干，为了能吃饱饭，只能心安理得受凌辱……"并指名道姓的指明是哪些人所为。后来一直等市公安局刑警人员将六名罪犯缉拿归案时，洋洋才回家去住了。他父亲什么也不知道，只是感谢我那么多天都在给他女儿补习功课，还送一小筐自产的鸡蛋来了。

案例三

有一次，我在年级组办公室备课，正是各班级上课时间，年轻的刘刚（化名）老师从教室出来，急匆匆地来到我的办公桌边，边掏钱边说："我错了，我打了你班的王军（化名），他回家拿刀去了，他要来杀我！这些钱给你，我认罚。"我急速往外跑，拼命地去追王军，并大声喊："王军快停下！别干蠢事儿！"他根本不听我的话。他翻墙一跃，我也翻

第五章 继续移民 | 99

墙一跃,穷追不舍。见他进了里屋,真的拿起一把明晃晃的大刀!急得我大声哭叫起来:"王军的妈妈,你在哪里?快来呀!快救救你的王军呀!王军快把刀放下……"我歇斯底里的大吼大叫,王军的妈妈跑出来了,王军把手中的刀也扔到地上了。王军一手拉着我,另一只手拉住他的妈妈哭起来了,讲述了课堂发生的事件,我也说明了刘刚老师知错了,有悔改的决心,劝孩子到此为止吧。听话的王军点头答应:"是我的错!我不该在课堂公开骂刘老师,放心吧,我不再给你惹祸了。"

案例四

有一天,下午全校大扫除,我班的学生动作快,早早打扫完卫生,学生已回家了。我领着自己的小儿子,在操场玩皮球。听到二楼的初二(二)班发出阵阵的吵闹声,我抱起小儿上了二楼,走到初二(二)班教室门口,看到班主任张玉林(化名)大声批评叶君(化名),这位叶君脾气暴躁地走向前来,举手一拳击中班主任的印堂部位,班主任立刻两眼发花,鼻梁和额头乌青!当时,气得我全身热血都沸腾起来了!立马把自己手中的小儿子转交到一位可靠的女生怀中,叫她负责保护住我的儿子。我正走向打伤班主任的男生叶军时,见他拎起一桶凉水就往一个女学生的头顶倾泄而下,使那位女生全身湿透了!趁叶军转身那一瞬间,我一掌向他的后背击去!他猛地趴倒在地,就趴倒在他刚刚倒的那滩水上滑动了一米之远后,他爬起来了!他回头看了一眼是我,就飞快往外跑,我怕把他打伤了,出门去看他,他跑得更快了。当时我特别害怕!我怕的是叶军去搬兵来报复我，我也怕班主任张老师被打成脑震荡，便分配几个男生，快把班主任送回他家去。一再叮嘱，学生们转告张老师家属尽快送医院去治疗。看到学生把班主任送走了，我再分配班干部组织学生尽快打扫好卫生之后早点回家。

我抱着小儿，快速上了三楼的团委办公室求救！向他们讲述了初二（二）班发生的事件，请求给我找两位年轻体壮男教师当我的保镖，随我去叶君家家访。随后当天晚饭后，我和那两位"保镖"三人一同到了叶军家去给他赔礼道歉，我还拎着当时时兴的罐筒、水果什么的，我问："打伤没有？去不去医院？"谁能想到这个顽皮的叶君说："我服你了，你是我第一次认输的人，你教我铁沙掌功夫吧……"我气愤地回答："我没有什么功夫。我担心的是张玉林老师被你击伤后的后遗症呀！"……再以后，得知因当地医院没有治疗张玉林老师脑震荡的特效药，而病情加重，他失去了记忆，还经常头痛不止……使这位才30多岁的年轻教师丢掉教书这个铁饭碗，回到农村老家去养病了。

………

二、误人子弟

因地理环境、交通条件、城市建设的规模不如国内的其他大城市好，所以攀矿中学仍然处于师资不足的状况下。矿山教育处只好"就地取材"招收一批能从教的年轻人，到中学任课。绝大部分新来的教师都能认真负责地做好教书育人的工作，也有个别叫人头痛的年轻人。

例一：有次期中考试后，各班都召开了家长会议。我被分配去参加初二（三）班召开家长会议。当时，全体家长强烈要求换数学教师，换班主任。甚至于指名道姓的换我任这个班的班主任，因为这所中学是攀矿的子弟中学，许多家长对学校情况还是了如指掌的，又因初二（三）班就是我以前带过的初一（三）班。现在初二（三）班在期中统考中，数学成绩全班平均"0"分，促使家长和学生们心理不平。

后来，学校领导还是让我去当初二（三）班的班主任了。数学教师受到批评教育后，给了他一个哪里跌倒，就在哪里爬起来的机会。

有一天，我去听他的数学课时发现，他在黑板上演算的数学题目的运算方法和计算结果全错了……怎么办？学校数学教师再缺，也不能误人子弟呀！

我利用班会时间，向同学们宣布："从此日起，下午放学之后赶快回家吃好晚饭，回到学校来，我给你们补习一个小时的数学课，注意！这是秘密的学习数学的方法，请家长支持，记住你们千万别给我泄漏机密！"全班同学捂着自己的小嘴笑了。半学期后，这个班期末统考的数学成绩平均70分左右。那位数学老师也离开学校，因为他找到了挣大钱的好工作了。后来学校也更换了更好的数学教师，我也减轻负担了。

例二：我女儿刚上初中一年级时，成绩特别优秀。尤其是数学成绩，在校内的考试、作业本上，天天都是100，每道题都是打对勾的好学生。有次,我无意间随手翻开她的作业本看看,天哪!明明是数学作业全做错了!怎么全打对?还评 100 分?我的心好痛呀!怎么办?……最后决定给孩子办理转学手续。当时,转到十九冶中学去读初一了。那是所全市的重点中学之一,我那可怜的,才 10 岁的女儿离开妈妈身边(因为她在小学跳了一级),被迫走向陌生环境,踏上独立生存之路了。

后来,也许是有其他家长发现了如上的问题,便更换了数学教师。我只好把女儿又转回到攀矿子弟校来了。

例三:1992 年下半学期末,我的儿子在攀矿一中(现在的攀枝花市第十五中学)就读高中二年级课程,还是重点班的前三名。当时,我上高一年级的地理课,兼任高三文科班的高考复习的地理课程及班主任工作。我天天都坐在高三年级组办公室里备课。

有一天,备课备得疲惫了,我就转到负责教我儿子的那些教师的办公室去了,发现他们都很辛苦!正在紧张的备课、改作业、改试卷……有几位新招聘来的年轻教师更忙!忙什么?他们坦率的直白:"我们更累、更苦!我们要为高考复习的学生们备课,还要为自己考文凭而忙碌呢……"他们的"直白",让我有种不寒而栗的感觉,眼看暑假之后就是高三啦!负责高考复习的高三课程的教师不专心致志归纳各种题型去辅导、教育学生,而是忙于教师自身的文凭考试,这不是误人子弟吗?!

那时,我当机立断!利用暑假期间提前办理了退休手续。

一是让近几年新分配到本校来的地理系毕业的王永祥老师可以顶替高中地理课程，早点让年轻人承担重任。

二是腾出手来管管马上要升入高中三年级的儿子。设法让他在1993年一定要考上大学。我托女儿找到她在成都读大学时的班主任罗钊老师（后来罗钊提升大学校长）帮忙，我又花高价把我的儿子转学到了成都七中去当高三班级的插班生。

成都七中是四川省的重点高中之一，他插入高三的高考复习班，没有几天就参加了高三年级的模拟考试，结果他是全班倒数第一名。如梦初醒的儿子才发现成都七中有着严格的校风，有极为优良的学风，人人惜时如金非常刻苦。还知道许多学生在高一年级就学完了高中三个年级的全部课程了。成都七中的教师知识渊博，教学经验丰富。我儿子目睹了每天上课铃一响，全班都全神贯注，手中不停的记录；下课铃一响，他们一窝蜂地抢着向老师问问题，直到下一节的上课铃声响了，这节课的上课教师都站在讲台上了，这批爱提问题的学生们才回到自己的座位上去了。堂堂课都如此地堵截下课教师，这也是他们求知欲极强的表现。

为让孩子能在成都七中高考复习中把已失去的时间补回来，我在"七中"附近租了一间农民的房子。他骑自行车，一日三餐回来吃饭的时间内，要求我拿着他的教科书向他提问题，他已经记住了的问题就叫我再翻下页，即使是洗脸、洗脚的时间也要我翻开书本找问题问他……就这样争分夺秒地紧张了半年多，因为要回攀枝花市参加体检，填写高考报名表格等工作，只好提前离开了成都七中。

  1993 年，全国统一高考成绩出来，当年我儿子的高考分数在成都七中那个班里是名列前 13 名。他考上了杭州市的大学（现名浙江理工大学）。四年后本科毕业进入班上的前 10 名，可以拿到红卡，就可以在浙江省内各大城市中自选就业的单位。他首选的是浙江大学快威电脑公司，步入 IT 行业。他又是个不墨守成规的人，是另类。好在他能自食其力的为国家创造财富，又能不断提高自身的生活水平，能自立门户、自力更生，我就放心啦。对了，我给他改过名字叫李泉江。

第六章
山沟沟里的娃娃

我在攀矿中学从教的 22 个春夏秋冬的日子里，每年都要看到陌生的初中一年级那一张张稚嫩、活泼可爱的娃娃的小脸蛋儿。在课堂里，他们常常好奇地竖起耳朵认真地听讲。我用妙趣横生的口吻引导他们游览了祖国的江河山川，用地图或模型让孩子们触摸着地大物博的中国的版图、城市、交通、漫长的海岸线、陆地国界线，让孩子们记住长大要保护中国大地的领土及各种资源。

每年，我还要送走一批一批青春年华正茂的高三学生，因为高一的地理课是我给他们上的，高三文科班的地理课也是我给他们上的。这批高中毕业生离校了，有的考上了其他省份的大学，有的从军或从业了。虽然人离开了，记忆还留在我的心中。在我担任班主任的时期，我忙碌，我承担了更多更多的责任。在我的记忆中留下许多的孩子们的故事……

第一节 体育场上的灾难

一、亲娘不救？

刚开始，学校建造的操场很糟糕！学生上体育课经常有跌伤的情况发生，破皮的外伤到校内医务所去抹点红药水也就算了，真要遇到骨折就麻烦大了。因为跳高跳远区没有沙坑、没有软垫做保护，是很危险的……这个危险真的落在我班的学生头上了。

有一天，我正在别的班上课，我班的学生也正在上体育课，有学生飞跑到我上课的教室门口大声叫："不好了，许诚（化名）上体育课时，摔伤了腿，他痛得直哭……"我快速跑到许诚跟前看个究竟，突然见到一辆吉普车从我们的操场急驶而过，我立马叫学生们先看护好许诚，我以百米速度去追那辆吉普车……它在附近的平房区停下来了。车门开了，下来一个我不认识的中年妇女。我急匆匆地向她求救！请让司机开车去救救那位摔伤的学生。谁料，她凶巴巴地痛骂了我一阵后，趾高气扬地走进那幢平房里面去了。救人如救火！我只好又以百米速度，曾是短跑冠军的我，很快回到痛苦不堪的许诚跟前了。只好找来力气大的几名男生，用前面背、后面扶住的办法总算把许诚运到了公交车站，上了公交车后，汽车开到瓜子坪职工医院门口，下车后我们挂了急诊，当外科医生正在给许诚诊断病情时，那辆吉普车也开到医院门口了。有学生认识那个"凶女人"便大声叫起来了：

"你这个马屁精！你的儿子许诚腿都摔断了，还不让吉普车送他上医院！你去急诊室看看！这就是报应！""凶女人"快速走向急诊室见到真是自己的儿子摔骨折了，趁她擦眼泪时，学生们拉住我的手往外走说："老师，我们走！他亲娘都不救人，这种人我们还管他干什么。再说，他娘有车，反正她已经来到医院里，我们把伤者交给他亲娘就完成任务了。"在回学校的路上，才知道许诚的妈妈是工会干部，也是一个眼睛向上看的人，今天的吉普车是她叫来给一个当官人的夫人送往医院去打针的。尽管如此，我还是把许诚的医药费用收据拿财务科给他全额报销了。

二、抱只母鸡抵药钱

福不双降，祸不单行。几天以后，我班的周子民同学，也在上体育课跳高时摔断了腿！我赶快到了现场，叫几个男学生把周子民扶上车，同时又叫学生快去周子民家，通知家长速到瓜子坪矿山职工医院来看看孩子的伤情。

可怜的周子民同学右腿摔骨折了，需要住院治疗，又没有床位，外科医生给打针、开药也打了石膏之后，医生建议用担架抬回家去卧床静养，以后什么时候来医院复诊，换石膏什么的都写在医疗本子上了。

我们正抬着周子民往医院门口外走去，看见一位男士抱着一只母鸡迎面而来。"爸！你为什么现在才来呀？这是我的班主任老师。她已经给我垫付了全部药费呢。"周子民说。

他父亲有捉襟见肘之态,还要把怀中那只母鸡给我抵医药费呢。我劝他把母鸡抱回家去,也说明周子民的医药费用可以全部给予报销的。因为上体育课,学生受伤应算工伤。

他搭把手与同学们一起把周子民抬到家里去了,我也跟随去了。这户人家也不知是从哪里迁移来的,日子过得很艰苦,住房简陋……同学们把周子民抬到床上平躺着,我也向他父子俩转达了医生对骨折病人静养的注意事项,也表明以后每次复诊、换石膏那一天我会在瓜子坪医院门口等他父子俩的。

我第一次去给他换石膏时,是周子民的父亲把孩子扶到医院门口的。我从他父亲手中接过周子民,再扶着他去医院的"处置室"给换石膏时,护士先看了看脏兮兮的周子民,再把我看了一眼,她火冒三丈!来了个打抱不平的架式,把药棉、纱布往我身上一扔!骂道:"太不像话啦!你这个做后妈的就这样恶毒?你穿得人模狗样的,看看这个孩子的穿戴是啥样?腿这么脏……好了,今天你不给他擦洗干净,我就不给他换石膏!"我暗笑着,老老实实地听她"发泼",还真的给周子民擦洗伤腿了。周子民听不下去,他哭了,"这是我的老师,她不是什么后妈!"他这两句话镇住了全室的医务人员。那位"发泼"的护士赶快接过我手中的纱布自己去给周子民继续擦洗伤腿了,也换石膏了。

伤筋动骨一百天的日子里,第一次的挨骂有教训了。以后,每次换石膏时,都是我先去周子民家给他洗得干

第六章　山沟沟里的娃娃 | 109

干净净的，再换上干净衣裤之后扶他来医院复诊，换石膏什么的都不会遭遇另眼看待了。

那时的攀矿教育处，所属的各个学校，不光是矿山职工的子弟，还有一大批附近的农民子弟也收入到矿山子弟学校。因为从其他地方迁入来的农民给矿山职工提供了许多农副产品，也繁荣了菜市场。

记得长大后的周子民结婚时，还请我去喝喜酒。他开建鱼塘，鱼苗长大了，还请我去钓鱼，他还给我煎鱼吃呢。

第二节　血染风采

有次，全校期末考试的最后一天，我到初一（三）班去监考。发完考卷之后，我看见坐在前排靠墙一边的一名男学生，他低下头不停地在写……我寻思，这位积极认真答考卷的学生肯定是个优等生，别的学生还没动笔，他就开始做答卷了。不妨前去看看，当我走近他时，我的心咯噔一下愣住了！这位个头较高的帅哥，根本没有做试卷上的题目，他在考卷上除写"苏良轩"三个字之外，其他全是空白。他在试卷上铺张白纸，他手中的笔尖在白纸上乱写乱画地混时间。直到这场期末考试结束，他交来一份空白卷子。

我拿着他的白卷问道："苏良轩！今天的考题并不难，你为什么还交白卷？"其他同学抢着回答："他是我们班的0分先生！所有考卷都得0分。"

我抓住他的手说："苏良轩，你先在操场上等我，我把考卷送到教导处去之后，再回来找你聊聊，行吗？"他点头答应了。

等我回来时，他坐地哭起来了，还有一帮同学围观。有同学说，"是他跟大家一起玩时，一不小心踩到一颗铁钉子上了，你们看，从钉子眼处直往外冒鲜血呢……"我立即跪地，先把钉子拔出来了。趴下，嘴对着冒血的钉子眼，使劲地一口一口地把苏良轩脚掌上那钉子眼内的血全部吸出来了。吐在地上，一滩一滩的脏血看起来都有点恶心，有位女生给我端来一碗水，我嗽嗽口之后，派人去校医务室要来了酒精药棉、纱布和治伤药膏给苏良轩包扎好之后，又叫来几位跟苏良轩是邻居的同学把他扶回家去。并反复强调，苏良轩脚伤好了之后，来我家，我教他不再考0分的"法宝"。

次日一大早，就有人轻轻地叩我的门，我打开门一看，是苏良轩！他说："老师！我不想再考0分，你教我法宝行吗？"我让他进屋坐下，给他倒了杯糖水，又端来些瓜子、水果，先是给他讲为什么要读书，为什么要学文化的道理。又讲了许多刻苦读书人的小故事……他听着听着，眼睛发亮了！他倾诉了自己不喜欢读书的种种原因。尤其是他谈到小学受尽了其他人的欺侮，被迫参加了"红腰带"练功小组，他说："每天深更半夜，全家都入睡了，我们会集一起练武功呢。白天上课就发困，根本听不进去老师讲的课。又不想看书……老师昨天你跪在我的臭脚板上一口一口地吸出来脏血，还及时给我包扎，救了我的一只腿呀！我的爸妈，我的同学们都很感动。

所以我妈妈今天早早地把我叫醒,叫我背着书包来跟你学习文化课的。"从这天起,我俩约定每天下午4点钟以后,他来我家补习功课,而且是免费的。一补就是一年半,苏良轩才正正规规的走上了专心学好各门功课的光明之路。他扔掉了腰间的"红腰带",半夜再也不去练什么功夫了。把心收回来的苏良轩,初中二年级就是一位各科成绩考分都很高的优等生,还被评为三好学生。初三年级的成绩更是好的出奇。初中毕业后,正值读高中的苏良轩是位有理想、有抱负的优秀共青团员,得知中越战争开始了,热血沸腾的苏良轩,毅然决然地弃学从戎了。在他临出征前的前夜,他来我家,请我去吃顿他父母给准备好了的践行饭。没有想到这顿践行饭,就是我与苏良轩的最后一别呀!

1979年2月17日这一天,为了教训忘恩负义的越南政府军入侵我南疆国土,毁我广西、云南的家园……中央军委主席邓小平下令立即全线反攻!在这场反攻战役中,西边打到越南的老街,东边攻克到越南的高平,形成钳形格局直逼越南首都河内,狠狠地教训越南军队之后又撤回到了中越边界线。

就在老街战役中,我那可爱的苏良轩被敌方的炮弹击伤……据后来回国的学生说,当时苏良轩伤势并不重,及时抢救是可以复生的。因为老街这个地方行路很艰难,战友们轮流地背着苏良轩往回跑……由于路途远,好不容易背到我国的战地医院,苏良轩流血过多,最终没有抢救过来而牺牲在这场战争中了!

那时，得知苏良轩牺牲的消息，我立即瘫倒在地！他们把我送到攀矿瓜子坪职工医院住院时，我才发现苏良轩的妈妈同我一样因为苏良轩的牺牲而气病倒了。而且是同住一个病房。

如今 36 年的时光已过去了，苏良轩！你那血染风采，你那音容笑貌永远铭刻在我的心里。

第七章
我们的课外活动

第一节　简单的娱乐生活

一、露天电影

70年代、80年代的攀矿地区，由于地理环境所致，文化娱乐生活匮乏，唯一的娱乐生活就是隔三差五的放演一场露天电影。这就是大人、孩子们的一次共同享受。因为那时没有钱买电视机，只要知道什么地方要放演露天电影的消息，各家各户的孩子们就忙碌起来了。他们会跑到即将放演的场地里去划地为营。石块、砖头、木板、板凳……各式各样的物品摆在地上，表示这就是某某人的座位。有的家庭人口多，孩子多，为了占坐位，干脆来个活人轮流守位、看牢的办法。

赶到放演连续剧的电影片子时，一演就是通宵达旦。有次放演《家春秋》时，一直放演到天亮才结束。尽管

作者四口之家，左一母亲张开琼，左二女儿仲伟丽，右前排一儿子李泉江，后排右一作者

有人坐得腰酸背痛、两腿发麻也不愿离开。因为矿区有十多个放演点，放演电影的技师们很忙，也难得来一次，所以看露天电影的观众们忍着自身的不适也要看完每部电影。

老娘、两个孩子和我，这个四口之家都是"电影迷"，下午没有事干了就到处去找露天电影放演的地方。找到了，就地而坐吃着水果、嗑着瓜子儿，吃饼干什么的等候露天电影的播放。当看完电影片之后，已经是黢黑一片了。我们拿着手电筒往回走时，经常发现左邻右舍的熟人都来了，跟我们一样是疯狂的电影迷。他们有帮我抱孩子的，有帮我扶着老人的。这一路手电筒，一路歌声笑语就是我的娱乐项目。

几年以后，位于瓜子坪的地方建造的一座大礼堂落成了。大礼堂内可以天天看电影了，门票一角钱。大礼堂内有舞台可以看到优美的舞姿、时装秀，听个报告会什么的。从此，我们的文娱生活又进步了一大截。

二、夏令营的启示

1978年暑期，攀枝花市科协举办了全市性的青少年地质夏令营活动。

由市科协牵头，市教育局组织的一次规模较大的夏令营。参加夏令营的师生们，都是依照"文件"条款传达到各中小校，依照分配人员名额，择优推举的办法之后，才能参加夏令营活动的。教师是从中学的各学科中选出有代表性的去参加夏令营的。我有幸作为攀矿教育系统的地理学科教师，而且是以领队的身份参加这次活动。

在攀枝花市金江火车站，爬上了去昆明方向的火车，在火车上得知这次的夏令营活动中，有地质专家、植物学专家、昆虫学者，有摄影、录相的技术人员，还有几位精干博学的团队领导人员。到了昆明市火车站，我们下了火车，又有专车把我们接送到住地了。当我们入驻营地之后，有点宾至如家的感觉，而且吃住行都安排得井井有条，处处合理。每日的夏令营活动项目表格也是人手一份，一目了然。看来，他们的营地组织工作安排得细致又周到。

次日，我们驱车来到昆明市的郊区，在遍地都是古地质年代的地层结构区域里，敲敲打打起来了。

地质学专家就在野外给我讲起课来。专家用生动的语言和各种图表把我们引回到了几十亿万年前的古生物地质年代去了。他们还教会我们如何采集古生物化石的标本。还让我们识别刚才自己敲敲打打起来的石头中是什么古生物的化石，答案是三叶虫化石。我视为"珍宝"多采集了几块完整的三叶虫化石标本后，写明采集的时间地点和采集人，收藏起来了。因为高中一年级的地理课本上要讲这门功课的呀。

随后，汽车又先后开到了大理石产区，开到了有色金属矿区，去继续收集各类矿石标本。地质学家还教给我们如何甄别各种矿石、岩石的方法，还教会我们采集收藏和保管矿石标本的方法。

后来，我们还游览了昆明石林。真美！那栩栩如生的造形，那奇形怪状的石柱、石峰、岩洞，真是千姿百态。地质学家又开始讲解石林的形成，石林的岩石中的化学成分……我们又学习到了地质结构的一门新知识。

我们在住地的四楼上还能观赏到远在西山的"睡美人"的面貌。

后来我们又驱车到了西山公园，爬上了西山公园的悬崖峭壁上面，我们集中在一个观景台上，眺望那美丽的滇池。滇池湖面游动着一艘艘的船帆把我们引入到了神仙世界。

地球上的地质构造、地形变化、地理知识和地貌是一部永远读不完的地球历史教科书。

我们还参观了昆明市的植物园。植物学家给我们依次介绍了树木的名称、作用，花草的分类，植物标本的采集与制作方法，还说："昆明植物园是一脚能踩住几百种植物的地方，这就是昆明植物园的特点。"我们有人不信这句话，低头看了看自己的脚板下，真的发现草坪上留下的脚印处密密麻麻的、盘根错节的叠加着许多叫不出名字的植物。

昆明位于北纬25度左右的热带地区，它又座落于海拔1000-2000米的云贵高原的西侧，昆明形成了夏天不热、冬天不冷的四季如春的气候特征。所以昆明植物园的景色是树木林立，繁花似锦，密密扎扎的花草铺地，处处显露出绿茵遍地、鸟语花香的绿色王国之象。

在植物园里，昆虫学者又教给我制作昆虫标本的方法，还教给我们如何保护一些有益的昆虫方面的知识，我还学习到了昆虫分类法方面的许多知识。作为地理教师的我，那次的青少年地质夏令营给了我很大的启示。从此，我的教学开始从书本走向与课外活动相结合的路子了。

三、采集标本

攀枝花市，是世界上最闻名的钢铁之城。那时的兰尖铁矿产区到五道河一带，是钒钛磁铁矿的重点开采区。挖掘机、运输矿石的大卡车在那一片片的剥离地带开采出来的矿石，经过冶炼出各类金属物件之后，变成国家财富的同时，也改变了大自然的环境。没有办法，人类总是在和谐的自然界生存过程中，又不断地去破坏大自然。这就是人类的生存历史。

我曾经在攀枝花矿子弟中学任教时期，也是依赖着当地的地理环境，依赖于那得天独厚的自然资源。我曾经组织过一批一批的课外活动小组，利用星期天去兰尖铁矿区

制作"攀矿校园模型"。左二,作者之子李泉江,右二,李玉梅校长之女梁卫华,其他人的名字忘了

采集矿石标本,去雅砻江畔采集植物标本、昆虫标本。那个年代一周只休息星期日,没有双休日。那个时代师生们干劲十足,不知道什么是苦,什么叫累。经过科技小组成员们精心制作的各类标本在参加市里组织的成果展览会上,获得市里最高奖项的殊荣。有的矿石标本作品我们还支援过市及外省的部分中学地理教师呢!

在动手制作标本的基础上,我们的科技小组又开始制作攀矿一中立体校园模型,制作《中国地图册》书上第二页的中国地形模型,那完全是学生们堆沙盘堆起来的立体模型。

在那沙盘立体模型上,着上颜色,一目了然就能触

第七章 我们的课外活动

摸到中国版图那西高东低的三级地势，能找到青藏高原、内蒙古高原、黄土高原及云贵高原，能找到东北平原、华北平原及长江中下游平原，还有长江、黄河、海河、淮河、珠江及其支流的位置，能找到白雪覆盖的珠穆朗玛峰及它附近的八座姐妹峰……总之，凡是《中国地图册》这本书的第2页那幅地形图的内容，我们都把它制作在沙盘上了。

记得在攀枝花矿山子弟中等学校（只有初中）任教的我，因我科教小组的"成果"不仅获得最高奖的证书，还给攀枝花矿山子弟校拨去一笔奖金。是奖励给"创造成果"的师生们的。就在同一时刻，我接到去瓜子坪攀矿第一中学任高中课程的调令。当时我拿着调令去办理移交手续，受到原校领导的劝阻与挽留。他们提出，如果离开本校就不能带走上级拨来的奖金！我执着"一分奖金也不要"就离开了。后来知道那笔奖金被分发给了该校的每个老师了，朋友骂我"大傻瓜"。虽然我并不富裕，是有点傻。其实我有私心。一是任高中课程，可充实自己的知识，有利于提高教学能力。二是我女儿读高一，再说，我能到瓜子坪地区去任教，我那上小学的儿子，便可以就读当时的攀矿一小，那是矿区最好的小学。我的座右铭是养儿女不读书，犹如养了一窝猪。养儿女从小不严管，长大就有祸国殃民之虞。

第二节　自筹资金

一、拾废钢铁

我长期坚持一批、一批地组织课外科技活动，所需用的材料、工具、笔墨纸张、油漆、涂料，乘车费用，中午的午餐等怎么解决？刚开始组建活动小组时，是利用课余时间公开向同学们募资的。首先就向同学们讲明条件："自愿参加，学校不给一分钱，参加者必须向家长讲明，自己承担费用，承担风险。"无形中限定了名额，也给我减轻了压力。有远见、了解我的家长主动送子女入道。

有次市科协通知我校，组织学生搞小创作、小发明，写小论文，在半个月之内呈报市科协，以便市科协集中送省科协参加评选。如果参加比赛的作品，获得省科协的奖状证书，就可以享受高考录取加 10-20 分的优惠。这一政策，深受同学及家长的欢迎。

有位叫罗先有（化名）的高二学生，他就在我科技小组里搞成功了一项发明创造，获省科协的二等奖。他父母很高兴！他母亲正是废钢铁收购站的负责人之一。得知我科技小组经费紧张，就让我带着活动小组的学生去工地拾起乱掉地上的废钢铁，到她收购站上去变卖，她这是给我找了条筹集科技小组活动经费的途径。

我将这个来财的途径汇报给校领导时，还请求凡是科技小组变卖废钢铁的款项全部存入财务账户上给予记账管理。校领导采纳我的建议，以后我们的科技小组就有经费了。

除了购买了相机、各种所需的材料外，还可以给学生买奖品，还可以组织学生去参观。参加其他地方的夏令营科技组的学生的费用也是从我们这个账户上去支付的。

二、办高考补习班

办高考补习班，的确是生财之道的好主意。关键问题是，要有办学执照，有上课的教室，有能胜任的高中教师。最重要的是招收到足够办班的学生生源。

当时，我兼任民盟攀矿教育、卫生支部的主要负责人。我把将要在攀矿一中办高复班的设想汇报给民盟市委会，得到上级大力支持，很快给解决了办学的执照。我拿着执照去向学校领导汇报了民盟办高复班的设想。我的校领导积极支持，同意给教室，同意高中教师可以兼上民盟高复班的课程，同意复印室可以复印高复班的复习资料，还配备相应的教具……当时一切工作都比较顺利。尤其是钟家明老师的报名点上的学生很多，不断有络绎不绝的往届生来报名、交款。同时还有一批经验丰富的各学科的教师，也主动请缨上阵，很快就把高复班办起来了。就这样，我们成功地办了一年的高考补习班。

这次的高复班结束后，学校领导提出，高复班各学科教师的课时费、班主任的管理费、教材、资料复印费等全部支出之后，办班余额的三万元现金全部缴纳给学校。在那个时代，谁敢反对。只能服从。后来，学校又单独给我补贴500元。三万元在当时是值钱的，500元也不是个小数字。我敢独吞吗？只好雇辆客车，利用星期天开展一次民盟教育支部活动的一日游。这次没有花完的钱，入民盟支部账户，委托钟家明老师保管，备下次活动使用。

  当时，正在建设中的二滩水电站是最热门的景点。我提前先去跟二滩水电站指挥部联系和落实参观实地的介绍、讲解，参观景点及提供午餐的问题等等。有个星期天，我们除了全体民盟成员之外，还邀请了党支部代表许薇老师，还请来了地理教师王永祥，还稍带了科技小组的部分成员，大家在二滩水电站度过了最愉快的一天。尤其午餐的饭菜最好吃。当晚在攀枝花电视台新闻播放时才知道，

天文观测小组，右一作者之子，右二后张云川，右三前梁卫华，右三最后杨帆，其他人的名字忘记了。摄影钟家明

我们去参观二滩水电站的前十分钟，正是时任党中央最高层领导人江泽民主席及中央其他领导人来考察二滩水电站的时期。所以，我们受到的接待和午餐都是规格比较高的。换句话说，我们沾了江泽民主席的光了，才能吃到"国晏级"的饭菜。

我的课外科技小组优秀学生张云川，他在2014年2月2日给我来了一封信，在信中写道："尊敬的李老师……有一天您带着我参加了……的活动（什么活动记不起来了），参观了二滩电站的坝址。当时站在激流奔腾的雅砻江边，仰头看着对岸陡峭山坡上白色的坝顶标记，十几岁少年心中必然充满了改造世界的豪情和对未来的热望……"张云川博士现在是武汉科技大学管理学院的教授。

第三节　天文观测

一、高考加分证书到哪里去啦？

当年的度口市，天空晴天比其他城市多。经常是万里无云的穹苍，正是观测天象的好地方。

凡是报纸、杂志上有关于什么时间出现日食、出现月食的天文消息时，我们的学生们都会认真地观测起来。那时还没有出售可以观测日食的专用防晒防伤双眼的眼镜，孩子们只能把带色的酒瓶敲破，捡起一片破玻璃，当作墨镜就观测起来了。也有人放盆清水在地上，观看水盆中的太阳是如何一点，一点被阴影遮住了的。农村

日全食

人叫作"天狗"吃日头，还要敲锣打鼓地轰走所谓的"天狗"呢。我们那时观测的日全食真美！

遇到月食出现的日子，我那些课外天文小组的学生们积极性很高！更像是着了魔！他们从傍晚就上了教学大楼的顶楼的平台上，架起望远镜，架起相机一小时一小时的观测、拍照……一直坚持到次日天亮才结束。我们师生同样是彻夜未眠，次日还要去正常上课。

那个时代，为了学生的安全，我经常整夜守候。1988年3月1日到3月18日，张云川、杨帆（已改名杨森）这两位学生研究出来了，用普通天文望远镜的镜头对接一架普通长焦距黑白照相机就拍摄出来35幅月食变化的真实画面的图相。这一成果被全国科协评为二等奖。这是当时度口市在青少年中的最高奖项的第一人——张云川，我把他的获奖证书，也就是高考能加分的证书交给了当时的学生档案管理员人手中，他亲自装入了张云川的档案袋里。

1989年七月，张云川同学参加了全国统一高考，他的考试成绩是上了本科录取线的。因为他的第一志愿是当时的武汉钢铁学院管理工程系管理工程专业，进入这个专业还差3分。张云川把自己不高兴去其他学校或是其他专业的想法向我倾诉。当时我很奇怪，他有高考加分的证书的呀！我叫他："快去学校查查自己的学生档案，那里面有张你获全国科协二等奖的证书，找到这个证书，立即叫学校领导给省招生办去电话说明这个证书可以加分的。放心吧！找到证书你会如愿以偿的。"办事认真的张云川也是第一个能靠加分被录取的优等生。后来他告诉我："获奖证书是被那些整理档案的老师扔到垃圾桶里去了。幸好及时找回来了。"我听到这个"事件"心里像被人捅了一刀一样的痛呀！想起来了省科协当时公布过，凡是在省科协得奖的高中学生均可以享受高考加分的优惠待遇。这时我才发现在我科技小组内，在省科协获奖的学生很多。如校长李玉梅的女儿梁卫华，本校语文教师陈真真的儿子杨帆（已改名杨森）。尤其是杨帆一直同张云

全家福，右一张云川之妻，右二张云川，右三张父，右四张云川之子，右五张云川母吴老师

川共同创造成果，到省科协只承认第一创办人，我一直感到不公平。我的儿子仲伟星（已改名李泉江），我的女儿仲伟丽……还有很多学生的名字我记不起来了，他们都在省科协获过奖。从来也没有像张云川这样办事认真的好孩子。那个时代，我也是个糊涂人呀，忙忙碌碌的结果是，为孩子应该做的事情做得太少了。太可惜了：他（她）失去了享受高考加分的待遇，未能步入自己理想的大学。现把张云川在全国科协获奖的原始材料公布如下：

张云川获全国科协二等奖的原始记录

一、1988年3月1日21点，张云川先用普通黑白相机直接对月拍照，如图1。用长焦距镜头拍摄的月相如图2。用长焦距镜头对接天文望远镜的目镜拍摄的月相如图3。

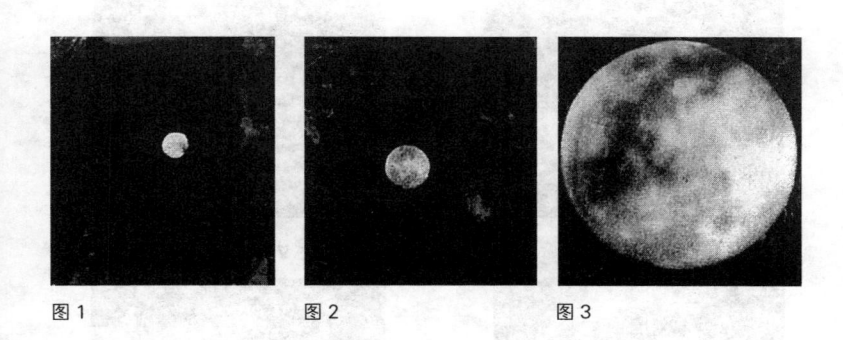

图1　　　　　图2　　　　　图3

二、1988年3月3日到4日的夜间，张云川又是整夜守候在他发明的"长焦距对接天文望远镜头的目镜上"拍摄的月相图8幅，如下所示：

图1　23点31分58秒

图2　23点57分53秒

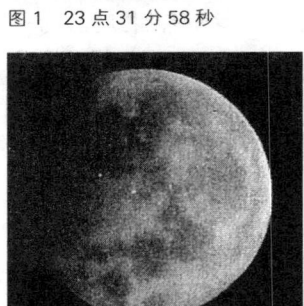

图3　0点0分17秒

图4　0点3分10秒

图5　0点5分34秒

图6　0点9分24秒

图7　0点17分48秒

图8　0点38分39秒

三、1988年3月18日张云川再次彻夜未眠地站在教学大楼的顶楼上继续采用他的发明，拍摄24幅月偏食的黑白图像如下：

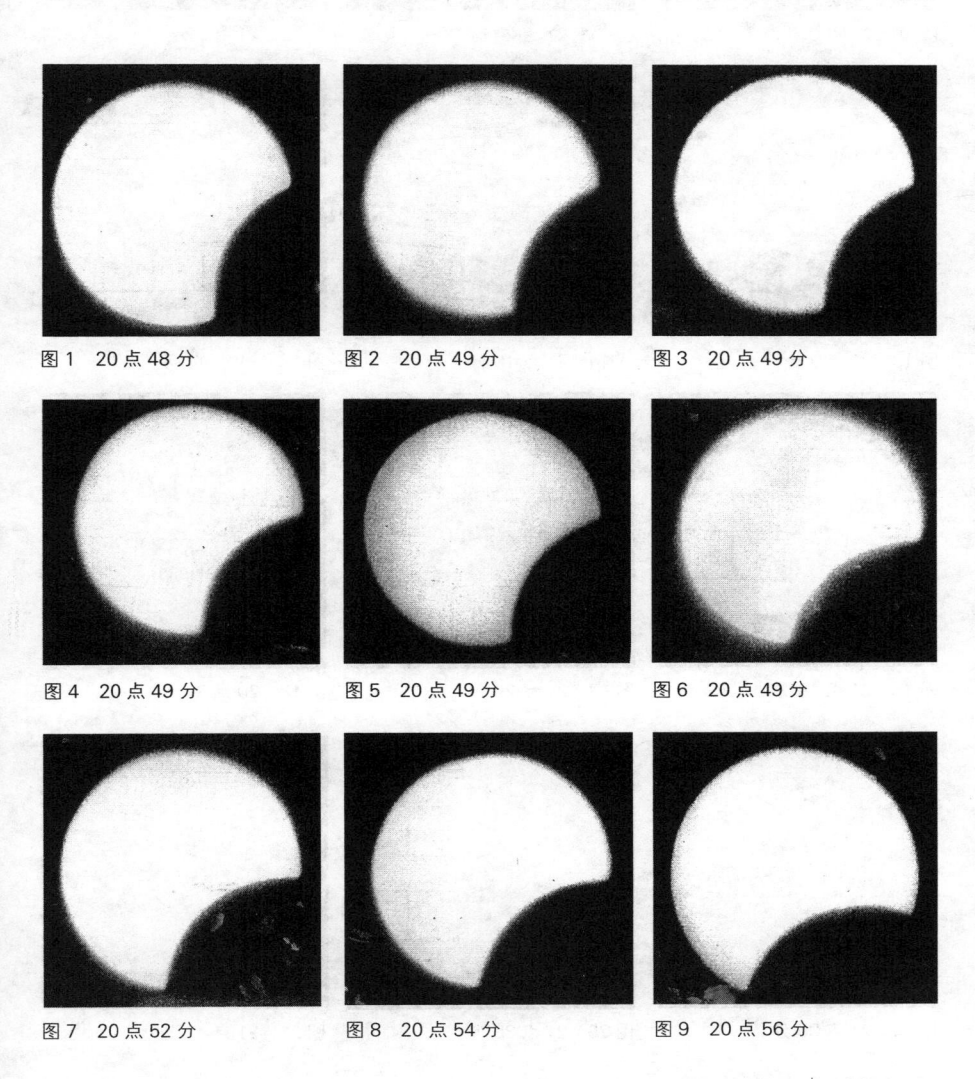

图1　20点48分　　　图2　20点49分　　　图3　20点49分

图4　20点49分　　　图5　20点49分　　　图6　20点49分

图7　20点52分　　　图8　20点54分　　　图9　20点56分

第七章　我们的课外活动 | 129

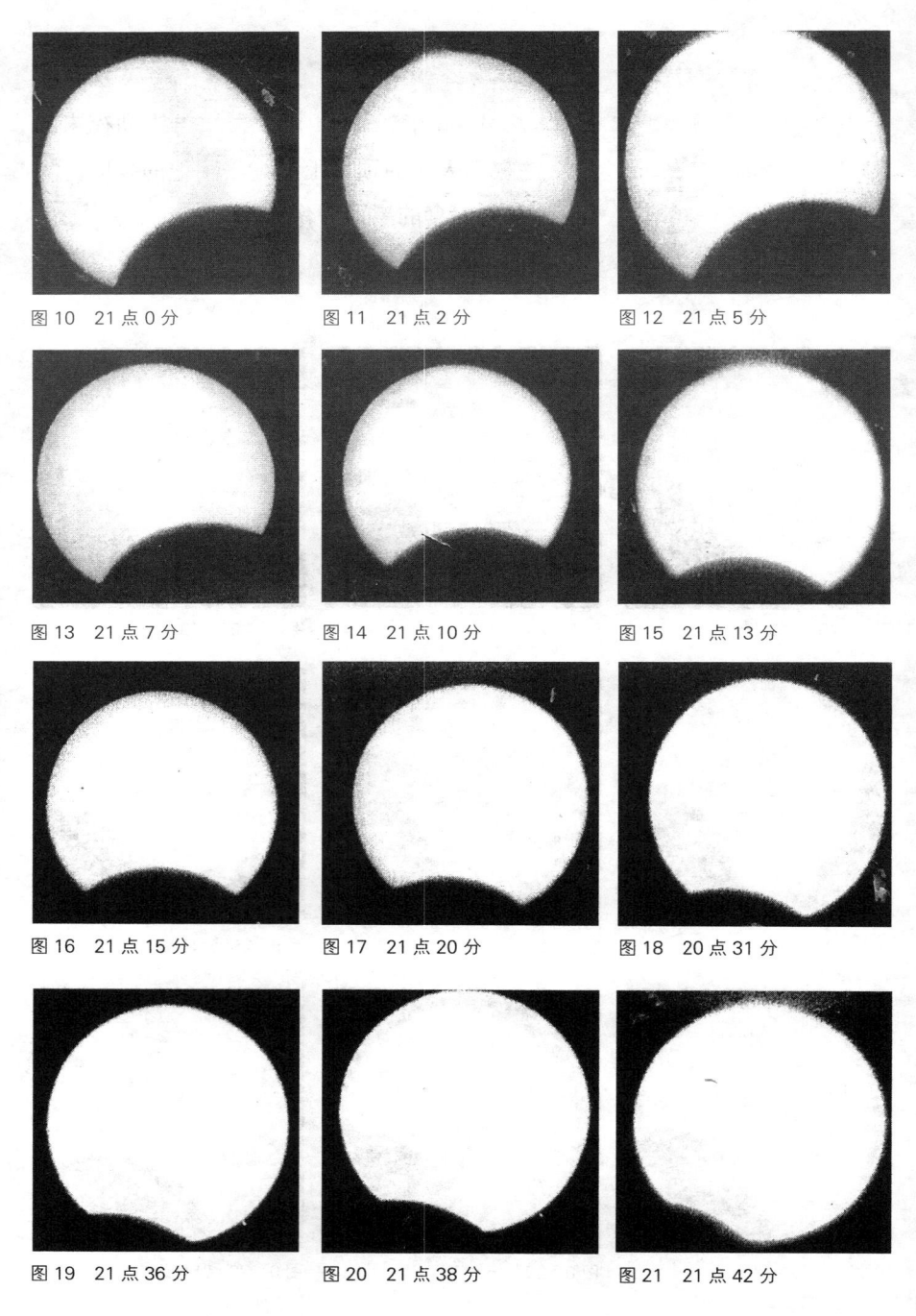

图 10　21 点 0 分　　　　　图 11　21 点 2 分　　　　　图 12　21 点 5 分

图 13　21 点 7 分　　　　　图 14　21 点 10 分　　　　图 15　21 点 13 分

图 16　21 点 15 分　　　　图 17　21 点 20 分　　　　图 18　20 点 31 分

图 19　21 点 36 分　　　　图 20　21 点 38 分　　　　图 21　21 点 42 分

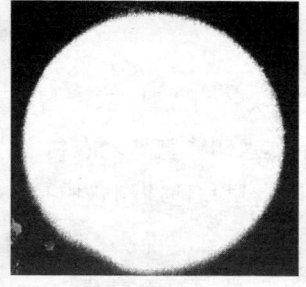

图22　21点47分　　　图23　21点50分　　　图24　21点54分

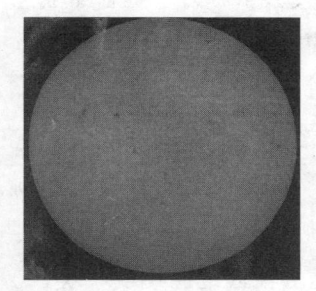

彩色月全食

二、迎接76年前的"老朋友"

哈雷彗星运行周期是76年为一周期。1986年它又回到地球人的视线里来了。那个年头是全世界天文爱好者观测哈雷彗星的热门年。什么是哈雷彗星？它是运行在太阳系里的另一天体，它是球体外表被厚厚冰体包裹着的天体。它在太阳系里总是遵循着自己运行轨道，有规律地、不停地运行着。当它运行到太阳附近时，这位"客人"的体外遇到太阳光辉的照射，它的表体的冰物质开始蒸发了，它迎着太阳一面看到的是个球体，背着太阳的一面就拖着一条长长的如雾气蒸发的宽大尾巴，犹如美女的长发飘摇在太空

第七章　我们的课外活动 | 131

中，人们给它取名叫"彗尾"，彗星球体较短的雾气叫"慧发"，这个星体也叫作彗星。农村老人叫它"扫把星"，因为历史上曾有过彗星与地球相碰撞时，以它巨大的力量曾给地球人带来过巨大灾难的说法。哈雷彗星是古代西方天文学家哈雷先生观测到的。这个彗星寿命长，以76周年运行到地球人的视线里之后，又向浩瀚的宇宙飞去了。为了纪念那位伟大的哈雷先生，便给这76年一见的彗星取名为哈雷彗星。

中国科协非常重视1986年全国各地的天文观测活动的开展情况。还要求各省市呈报天文观测者的成果，及时汇集到全国科协去便于参加评比。前面提到过张云川的作品就荣获了全国二等奖的殊荣！我也被评为当时度口市唯一的全国优秀辅导员称号。还被邀请去江西的庐山受嘉奖，

与副市长合影。前排左一作者，前排左三李之侠副市长，应作者邀请来攀矿教育处作报告

并开会交流经验一周。

1986年4月,四川省科协依仗着度口市晴天多的优良天文观测条件,立马召集了全省各中小学优秀天文观测的教师代表、学生代表,四川人民广播电台的记者,成都科协、省体委、成都地学院教师代表,云南天文台、西昌卫星发射站的代表等70多人汇集在度口市,开展观测哈雷彗星活动……当时的李之侠副市长,就是我们活动的领导小组长。

三、哈雷彗星观测实况"76年一遇,让我碰上了"
第一位代表:成都地质学院　胡崇金教授

一九八五年除夕的夜晚,繁星点点。我走上设在五楼阳台上的临时观测站,架起了的器材,对准西南天空,寻迎着天涯归客——哈雷彗星。这样的观测我在两个月前就开始了,但哈雷的倩影终未露面。一九八五年还有两个时辰即将过去,我抓住这最后的时刻,搜寻着宁静的天空。哟,圆圆的脸蛋,罩着轻纱,步入我的眼帘,明亮的小星星在她的身旁"护驾",她是谁?她就是盼望已久的哈雷彗星。找到了!找到了!顿时,我和同在观测台观测的房老师都激动万分。随即我们记下了一九八五年十二月三十一日十九点三十分这一珍贵的时刻和难忘的天区——西南方向,地平高度三十八度一十二分。有福共享,佳节同乐。于是我和房老师立即邀请客人同来观看,霎时间,阳台上挤满了人群,有教授、讲师、工程师、学生、干部和工人,男女老少,与天外归客共度除夕。望远镜的观察孔前,一只眼睛紧接着一只眼睛,"太幸运了,76年一遇,让我碰上了",

"人生七十古来稀，古稀之人又何尝看到你"，"生不用封万户侯，但愿一识哈雷彗星"。人们接连在望远镜前发出了感叹之声。

第二位学生代表：杨帆，度口市攀矿一中

哈雷彗星观测日记

4月9日　星期三

凌晨2点50分到达观测地点（详见图①），2点45分我终于用肉眼看到哈雷彗星，它是模糊的一团，没有"慧尾"，只能看到"慧发"，凝结度估计为3级，"慧发"模糊可见，约占天文望远镜面的1/11，亮度约为5等，位置在天蝎星座钓子星的右下方（详见图②）。3点10分，用8×30双筒军用望远镜观测到的哈雷彗星只是一个明亮的小点（详见图③）。3点24分亮点周围可见一团雾状物体，整个慧头有半个指甲盖大小（详见图④）。4点50分，大量云团遮星，能见度减弱，彗星消失。5点结束观测。

度口市攀矿一中杨帆绘制的图如下：

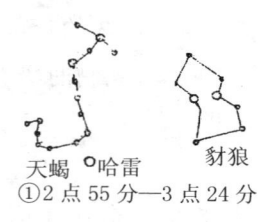

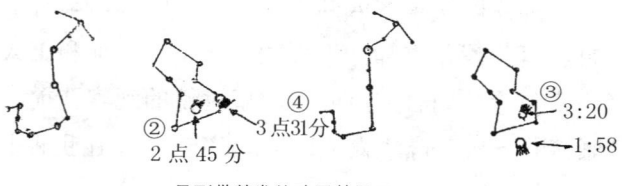

见到带慧发的哈雷彗星了！

四川省哈雷彗星观测活动人员名册

1986 年 4 月 6 日

地区及工作单位	姓　名	性别	年龄	职务
成都市、省科协	刘国宣	男	46	副主席
成都市、省科协	廖　蓉	女	30	干部
成都市、省科协	付　强	男	30	干部
成都市、省科协	庄玉良	男	38	干部
成都市、省科协	邓丽蓉	女	38	副长席
省体委	杨鉴源	男	46	处长
成都市科协	吴永忠	男	31	干部
度口市政府	李之侠	男		副市长
度口市政府	杨春矞	男		主席
度口市政府	陈　熙	男		副主席
度口市政府	陈顺荣	男		干部
度口市政府	卢文凤	女		干部
度口市政府	张树林	男		部长
度口市政府	段建明	男		干部
度口市政府	俞文香	男		干部
度口市政府	陈朝友	男		驾驶员
度口市政府	吴润兴	男		驾驶员
度口市电视台	易　伟	男		记者
度口市电视台				
度口市报社	赵　东	男		记者

续表

地区及工作单位	姓　名	性别	年龄	职务
四川人民广播电台	王晓岚	女	23	记者
内江市市中区科协	黎庄胜	男	40	干部
内江市教育局	吴生秀	女	30	干部
重庆市三十七中学	夏国详	男	29	教师
重庆市市中区东华观小学	文纪兰	女	46	教师
重庆市长寿县文教局	郭志国	男	40	干部
重庆市教育局	冯尚文	男	56	干部
达县地区开江县教仪站	杨崐	男	53	站长
绵阳市第四中学	唐章义	男	50	教师
南充地区科协	熊泽林	男	24	干部
南充市五星小学	张　霞	女	20	教师
度口市攀矿一中	李正翠	女	47	教师
度口市攀矿一中	杨帆	男	15	学生
矿务局六中	刘长荣	男	40	教师
度口市矿务局六中	徐　涛	男	17	学生
度口市教育局	陈江	男	29	干部
度口市三中	陈达节	男	64	教师
度口市三中	李蓓珩	女	17	学生
度口市米易中学	王力勇	男	29	教师
度口市攀钢一中	赵颂刚	女	24	教师

续表

地区及工作单位	姓　名	性别	年龄	职务
度口市攀钢教育处	郑家贤	女	43	教研员
度口市攀钢一中	顾志忠	男	16	学生
度口市攀钢一中	成纪铸	男	40	教师
重庆市江北区少科站	刘永文	男	50	干部
广元市嘉陵中学	吴邦琮	男	48	教师
成都地质学院	胡崇金	男		副教授
云南天文台	高恒	男		工程师
乐山市乐山师专	张翔龄	男		系主任
西昌89770部队	吉大林	男	27	干部
涪陵地区丰都中学	杜开光	男	47	教员
涪陵地区科协	范龙荣	男	48	科长
涪陵地区垫江县教育局	张　林	男	22	科技辅导员
达县地区平昌县江口第一小学	刘玉璋	男	46	教员
遂宁市射洪县中学	陈洪均	男	20	教师
遂宁市遂宁中学	余全新	男	35	教师
宜宾市第一中学	刘崇玉	女	48	教师
宜宾市第三中学	赵定荣	男	50	教师
宜宾地区教学育院	章　熙	女	23	教师
沪州市科协	胡　明	男	23	科技辅导员

第七章　我们的课外活动

续表

地区及工作单位	姓　名	性别	年龄	职务
沪州市青少年宫	张宏刚	男	27	科技辅导员
成都市温江县中学	周　康	男	31	教师
成都市郫县晨光小学	陈世明	男	23	教师
成都市西城区回民小学	李本荣	男	45	教师
江油县（长钢四校）	卫学贞	女	40	教师
雅安地区雅安中学	张　一	男	36	教师
雅安地区名山县中学	冯　亮	男	23	教师
德阳市市中区科协	刘德凤	女	31	青少年科技干部
乐山市乐山师专	罗成德	男	55	系主任
乐山市教育局	杨宣培	男	40	干部

度口市哈雷彗星观测组。左一杨帆，左二作者

第八章
拔地而起

第一节　几千年来的荒芜区

一、回顾历史

公元221年，定都成都的的蜀国，有位神机妙算、聪明睿智的丞相孔明。他亲手把当年的成都打造成了一座民富国强、环境优良的都市，使这里成了个"夜不闭户，路不拾遗，老幼鼓腹讴歌，米满仓厫，财盈府库。军需器械所用之物已全备的太平盛世的成都"。

可惜呀！好景不长。三年后，南蛮王孟获造反！他带领十万蛮兵北上，凶猛地侵占了许多城池，沿途又大肆强掠百姓财物，直奔成都方向而去……

孔明率50万精兵强将，勇猛向南追去。一路收复失地，不断安抚、救济百姓之后，又领大军直往孟获的总部开去。当蜀军追赶到泸水岸边（即现在的金沙江畔）的北岸附近，极目远望，周围全是荒芜的山峦，起伏延绵，寸草不生，更见不到人影。从俘虏的蛮兵口中得知，这里的人们都是以山洞为居室，几乎全年生活在山洞里的。

那时，正值阴历5月的盛夏，是最炎热的时节。蜀兵人人都穿着盔甲上阵。此时，有不少人中暑了，也有口鼻出血而晕倒的。孔明立即下令全军后退90里，找到有树林可遮阳光的地方，休整扎营，并派人速去外地购买解暑的药物回来。

孔明设计"五月渡泸"的方案，很快蜀军就渡过了金沙江，击毁了孟获固若金汤的防线，生擒了孟获。

高瞻远瞩的诸葛亮，并不是要索取孟获的项上人头，他是想把那位狂忘自大的孟获弄得心服口服之后，让孟获承担重任，固守川南边陲这个要塞。

此后，孔明带领蜀兵在那瘴疫流行，易染癣疥之疾的地方；在那气候恶劣的条件下；在那地形险峻的高山峡谷之中；在那毒蛇猛兽出没的危险地区，跟蛮兵进行了长时间的周旋。又经过了对孟获"七擒七纵"的较量之后，诸葛亮的目的达到了。他释放了孟获的一切宗党，释放了孟获的全部亲人，释放了全部兵士，并设宴席，赐酒压惊。孔明对孟获说："我夺占之地盘全部归还于你！从此以后以你永远为川南的侯王。"

古代川南这片江山，近似于如今的攀西大裂谷带地区。孔明来过这里，距今已有1794年的历史了。以后，经历过多少王朝，沉睡亿万年的"宝藏"没有人去过问。只有解放后的新中国，只有共产党领导下的中国人民，才能打开

露天采矿场（资料）

这一带的宝库之门。

二、得天独厚
1. 丰富的矿石产区

攀西大峡谷是座"天然的地质博物馆"，也是"攀西工业社会的天府之国"。这里有世界上最著名的巨大型成矿地带，地下蕴藏着多种可以开发的矿床。如，攀枝花市的尖山包包、兰家火山、倒马坎、朱家包包、公山、红格，云南境内的纳拉箐，米易的白马、会理的禄谓、西昌的太和等许多地方，都埋藏着巨大型的钒钛磁铁矿床。已发现和探明出来的大型矿床37个，中、小型矿床200多个……此外，还有东川式层状铜矿和纤长、优质的巨型石棉矿，力马河的铜镍矿、铅锌、锡和稀土金属矿……都蕴藏在攀西一带。如果按照目前开采的水平去衡量，攀西地区的钒钛磁铁矿产资源，还可以继续开采1200多年呢！尤其是，这里的铁矿石有着埋藏浅的特点，可以直接进行露天开采，直接在地表面操作。这也是全国唯一的露天开采铁矿石的地区，当今全世界也是少见的。

冶炼钢铁所需用的辅助原材料极为丰富，其他类型的矿石产品蕴藏量也十分可观。比如煤矿，攀枝花市附近就有宝鼎煤矿、龙洞煤矿；此外，还有一条大中型的产煤蕴藏地带。如，从攀枝花的宝鼎到会理的益门、盐边、红泥、箐河、盐源等处的一带都蕴藏着丰富的煤炭资源。还有石灰岩、硅石、岩盐、石墨、重晶石、宝石、玛瑙和水晶石等等。

2. 水能资源

长江的长度排行世界大河的第三位。可它沿途流经地段的水位自然落差，可谓世界第一。长江发源于青藏高原的唐古拉山。其源头在海拔6621米的各拉丹冬地区，那是片终年不化的雪源区，给长江提供了充足的水源。上游段的自然水位落差很大，因为那奔腾不息的长江水，穿越在那些高山深谷地段，形成许多水位落差很大的地段。这种高水位的落差正是水能资源极其丰富的黄金地带，也是人类建造水力发电站的最佳地段。

在攀枝花市附近注入长江的雅砻江是长江上游的最大支流，又是水位落差最大的支流段。早已探明雅砻江水电蕴藏量3340多万千瓦，可开发装机容量2491万千瓦。沿雅砻江上游区还可以开发21级水电站。

从1991年起，用10多年的时间，在金龙山、霸王山附近的雅砻江段一带建造起来了一座大型的二滩水电站。如今不仅能发电，还是攀枝花市的一个重要的旅游景点之一。

　　93年以前，还在攀枝花市从事中学教育工作的我，不时带领一批一批的学生娃娃到二滩水电站的施工现场附近去游玩。当时还知道二滩水力发电站是国际招标的。引进来40多个国家的许多专家、技术人员和施工工人……有人说有8000人参与建设，也有人说有6000人。总之参加建设水电站的工地上人多，干劲足。那时的挪威、日本等国家的专家和员工们住在专门给他们修建在西岸的欧式住房，特别漂亮！吃住都带着他们的家乡的味道。还听说外国专家管理非常严！对怠慢、质量不合格者施以拳打脚踢……但他们却不敢动中国工人的一根毫毛。中国工人住的工地住房在"欧洲人"的地区的东岸，而且距离是很远的。知趣的中国工人是尊重，而且是虚心向外籍工人学习的。

　　如今，气势磅礴的二滩水电站屹立在雅砻江上啦！尤

二滩水电站（资料）

其是它那巨大的人工湖，还能容纳 58 亿立方米的储水量。乖乖！它真的相当于 18 个杭州西湖吗？

第二节　年轻的钢城

一、加快城市化的进程

1955 年 1 月，新中国第一支地质勘探队的 108 位成员初闯入渺茫的无人区，举目远望，见不到人烟，见不到住房。勇士们随身携带着水壶、干粮和衣物，没有住房怎么过夜？他们只得自己动手搭起可以临时居住的席棚子。这就是初入攀矿地区的"新创举"吧！以后建造冶炼钢铁厂的施工现场的工人们，还有那开采矿石的工人们都"享受过"住席棚子的"创举"。甚至于，后来攀矿公司的部分职工及后调入的教师都只能住席棚子。那种沾火就会烧得精光的危险住房，给当年的拓荒者带来过毁灭性灾难……

后来，又改用空心的煤灰砖块搭建起来一座一座的干打垒。在当时"先生产，后生活"的指导思潮下，职工住简陋工棚的状况，一直延续到 1980 年。

有了"拨乱反正"、"改革开放"、"市场经济"等挽救中国命运的关键性的政策出台之后，攀枝花市地区开始建造多层楼房啦！几年之后，在各片区、各厂矿、各学校地区多层式的楼房如雨后春笋一样林立在这片山间河谷地带。而且，职工入住后，免交房租费，免交水电等费用。初建起的多层楼房也有过"一楼脏，二楼美，三楼以上没有水"的尴尬局面。

攀枝花市高楼大厦群的一角（资料）

90年代起，又出台了职工可以购买已住房的政策。是以"工改房"的方式购买的。也开始收取住户的水电、煤气等费用了。

攀枝花人口逐年增加，已达到上百万人口了。城市的建筑面积也在不断扩大。为解决城市居民的住房问题，只能把高山推平，填沟壑为地基。又建筑起来一幢一幢的高楼大厦矗立在那金沙江两岸。这又是罕见的奇迹。

二、荒芜变绿洲

我曾去过世界上最富有，管理严密，社会制度很优良的"政教合一"的迪拜和阿布扎比。这两个宗教性质的国家，他们曾经发现本国石油蕴藏量逐渐减少，便决定转型升级换代。再也无法靠卖石油提高国民经济的增长了。于是，他们当机立断，积极开发旅游事业。迪拜、阿布扎比位于世界上热带大沙漠之一的阿拉伯热带沙漠地区，西北是波斯湾的南岸，常年又受北回归线附近的副热带高气压带的下沉气流的控制。故常年炎热、干燥的气候条件，使这里的水比油贵。尤其是入夏之后，室外气温高达65℃以上，

阿布扎比的皇家园林

"阿拉伯塔"280米高,摩天七星级(资料),帆船酒店(迪拜)

给这里居住的人们带来许多困难……

聪明的迪拜、阿布扎比人,仅用10年的时间,他们在热带沙漠中建筑起来了摩天大厦,建筑起来许多大商场,而且室内豪华、舒适,气候温和,给人们感觉这里房屋的室内都是美丽的春天。

迪拜、阿布扎比掌握了淡化海水的科学技术,修造有很大的淡水湖泊,改变了靠进口淡水的局面。他们不断地进行植树造林、种花、种草。那些来自于世界各地的游客们走进那一条条的林荫大道,见到一片片的皇家园林。

阿布扎比酋长皇宫8星级酒店（资料）

不信？你去看看迪拜在一半沙滩，一半海水的海陆交界的地方建造起来一座有280米高的七星级"帆船酒店"。

阿布扎比虽然是"阿拉伯联合酋长国"里，石油蕴藏量最多的国家。可他们在改造沙漠为绿洲的过程中贡献也很大。他们建造起了一座8星级的"酋长皇宫酒店"。这是当今世界上最高，价值也最昂贵的建筑物。据说，室内的就用了40吨24K的纯黄金来装饰内墙。

回头再看看我国的攀枝花人是怎样把荒芜变绿洲的。

中国没有迪拜、阿布扎比这两个石油王国靠卖石油赚得如金山一样多的钱财去改造热带沙漠为绿洲的机会。

在10年的"文革"干扰中，在最困苦的年代里，我们只能靠攀枝花精神支撑起来的劲头，玩命的去工作。也就是说，是攀枝花人用血汗，用生命建筑起来的绿色长城。

他们一代人、一代人地奋斗着,用自己的双手把昔日的荒山、荒坡上胡乱搭建的私人简易住房给予拆除了。他们还清除了乱挖、乱占土地的现象。

扫除一切障碍,大力进行植树造林、种花、种草。几十年之后,完全褪去了昔日的荒芜。

攀枝花市位于低纬区,这里全年有充足的阳光,日照时间长、雨水充沛。还有那几亿万年前的火山喷发后,再经过长期风化作用之后的火山灰,是今朝种植绿色植物的

攀枝花市的芒果(资料)

攀枝花的街市(资料)

第八章 拔地而起 | 149

左毛瀚冉，右毛勇

攀枝花的石榴（资料）

优良土壤。适合种植热带的瓜果。如，木瓜、芒果、菠萝和伊拉克枣。还有利于栽培亚热水果林木。如，香蕉、桂圆、柑桔等。尤其是柑桔有果大、味甜、成熟早等优势。

攀枝花市又立足于崎岖山峦起伏之地。那里的山涧峡谷，因海拔高度的高低不一，垂直高差很大。造成"一山有四季，四季不同天"的特征。正是这个"特征"给培育温带水果林木造就了优良环境。如今，这里也有温带水果了。如，苹果、桃子、葡萄、樱桃、杏、枇杷、石榴、柿子等等。米易是发展立体农业的好地方。尤其是米易那红皮甘蔗含糖率高，清脆可口叫人垂涎欲滴。

总之，攀枝花人以改天换地的气魄改变了市区的小气候。

（三美女）从左至右：孙建蓉、冉一然、唐雪枚

50年以来，他们在不断改造环境。人们的生活环境变得越来越好了，生活水平不断提高，生活质量也在不断地向良性发展了。攀枝花人跟全国其他城市一样，过着歌舞升平、幸福美满的生活。共同享受着有5000多年历史的中国，只有当今的中国真正达到了前所未有的繁荣富强的太平盛世！

如今攀枝花市人的精神面貌焕发，完全褪去了昔日黄瘦无力的面孔了。而是以健康的、结实的、丰满的俊俏模样展示在世人的眼前。

第九章
18 年后回乡记

第一节 起 步

一、老人独行麻烦多

自 1997 年 6 月定居杭州市的我，至今已有 18 个年头"乐不思蜀"，无暇回川。去年 6 月着手撰写《攀枝花市的崛起》这本书时，发现自己的思维空间还停留在 18 年前的那山，那水，那些房屋，那里的马路，还有那里的人……无意中看到广告：孝敬爸妈就去攀枝花。蓦然发现自己对攀枝花的看法落后 20 年啦！为撰写这本书的结尾，只好带着老伴去攀枝花市——我的第二个故乡。斟酌再三，决定从杭州乘飞机到昆明，再换乘火车到金江车站就到终点了，这是去攀枝花市的捷径。

真要起步出发时，才发现我俩是七老八十的人了！当时，杭州地区正值天冷的冬季，衣服穿的厚厚的，带的东西也多。昆明处于秋高气爽的秋天气候，下飞机就要换上秋装。到了攀枝花市的阳历"三月天"，正值干燥、炎热的"热季"，因为攀枝花市的地理位置是处于低纬度南亚热带气候区，它又座落于云贵高原西端，横断山脉的东侧，这一带的气候特征是"雨季、热季、凉爽季"，一年有三季，三季不同天的独特气候地区。那里又是海拔较高的山区，是"四季不同天，一山有四季"的山地气候特征。走进攀枝花的领域，就要换成夏装，随身带着外套，因为这个地方是早晚凉爽。走进有遮阳光的地方便立即退热了，为防止感冒，故外套不离手。到了成都市，又是百花斗艳的春天……这一路，我俩是穿越了春、夏、秋、冬四个季节的老人，真是步步"艰辛"，处处遇"险情"。好在当今我们是沿着习近平主席执政下的健康之路，友谊、从善、和平温馨之路而行的。因为沿途都有许多的好人伸手相助，使我们减少了"艰辛"，排除了"险情"。

艰辛——因老伴右眼失明，左眼0.15的视力，到了昆明机场，我搀扶他慢行走到提取行李的传送带旁边，大厅里的人都走光了。我叫老伴原地不动，自己满大厅地跑着，约半个小时后，看到远处有人扔下两只拉杆箱，他空手跑了。追上前一看，这是我的行李！不加思索，一手拉着一只来到老伴身边，叫他拉住一只，我好腾出一只手来搀扶他往出口走去。机场管理人员要我们拿出身份证、飞机票、登机卡上的行李托运单的条码。一一对查，而且是设立了三道岗的核对，完全正确之后才放行的。我的行李才会"失而复得"。我俩迈出机场出口时，已经没有去昆明火车的公交车了。一位热心的老者前来帮助。他把我俩引到正在上乘客的公交车旁。不少年轻人帮我把行李送进行李箱了。我急忙跑到售票处抢购到两张最后两个位置的汽车票。

这辆车开了一个小时后，车停了，全车人都走光了。我问："去昆明火车站朝哪个方向走？"司机回答："你乘错车了，这车不去火车站的。向前走600多米去乘地铁吧。"司机把行李给我扔在路边车开走了。我茫然地四处张望，想起18年前，这是我常来，常往的地方。现在变化太大！我陌生，我迷失了方向。不一会儿了，一位私家车司机主动叫我俩上车，给他50元，他保证送到昆明火车站的，无奈！只好入乡随俗了。

险情——到了昆明火车站，我俩来到一处豪华酒店办理完入住手续后，第一件大事，速去购买次日的火车票。搀扶着老伴走进售票厅，先给老伴找个地方坐下，再去排队买票，总算排到售票口了，窗口关闭了！？我砰砰地敲窗门吼道："我要买明天的火车票！为什么关门？"她开窗口回答："对不起，这里是售今夜发车的火车票，马上要发车了。您是外地人口音？请到第一售票大厅去购买吧。"

我随大流来到第一售票大厅那排着长长的队伍，让我望而生畏。只好穿梭在人群中，寻找能尽快买到火车票的地方，脚板一滑，我摔倒了！膝盖疼痛难忍，爬不起来了。瞬间周围安静了。以我为圆心围成圆圈。有人拿出云南白药给我疗伤，有人用气功给我理疗，乘警前来拿着我俩的身份证也去帮我买好了第二天去金江火车站的车票……浓浓的温情使我感动。看时间已经是夜里九点钟了。我站起来了！我感谢大家。这时才想起来肚子饿了，我拿着火车票搀扶着老伴找饭店去吃夜宵了。

二、河水变清了

由昆明出发的火车，几个小时就到了攀枝花市区附近。我看到车窗外一条清水长流的大河，便问："那条河叫什么名字？"乘务员回答："那就是金沙江。"我心里犯疑惑：那绝对不是金沙江，她搞错了。

前来金江火车站接站的是我的侄女、侄儿。侄女李桂华满面春风的跑上前来，接过我手中的行李箱，快速拉到那辆小汽车的后备箱内放置妥当了。侄儿李朝明也满腔热情的一手拉着一个，把我俩安排到车厢内坐下。全都坐稳了，他开动汽车出发。他沿着河畔那条宽阔、平坦的公路向前开去。我对眼前的一切很陌生，便问："这是什么地方？那又是什么河流？"这姐弟俩抢着讲解这里的变化情况："这条公路是金江火车站通往密地桥的那条公路。这是经过拓宽，经过重新修造的新型公路。""二姑你十八年前离开此地时，在公路边种植的攀枝花小树苗如今已经长高了，你看那枝头上绽放出来朵朵红色的攀枝花美不美？""你快看那路边的花草多漂亮！它们向你招手呢！""啊！到密地桥了！快看！靠右手边是后来建造的一座新型的公路桥，很壮观，很漂亮。左手边是过去的旧密地桥，还没有拆除呢！""对了！现在，在金沙江及其支流上已经修建了八座公路桥，一座铁路桥呢。"我在密地桥上俯瞰金沙江面，见到那清澈见底的金沙江水很激动！金沙江呀！你几千年以来荡漾着浑浊的江水怎么会变成清水长流的模样了呢？攀枝花人太了不起啦！后来，我的学生贾晓红告诉我，市政府在金沙江上游段西北地区的格里坪那个地方建造起来一座观音岩大型水电站。它有发电功能，还有沉淀泥沙、净化水质的功能。现在经过处理的江水，已变成非常清澈的干净水啦。还有，以前选矿厂排入金沙江的污水问题早已解决好了。

三、白手起家

汽车开到青年路，上行一段路后到了叫作"四合院"的地方，在凉亭边停车了。下车后，我老俩口在侄儿、侄女的牵扶下，走过了那红似火的三叶梅树丛边，再踏上运输铁矿石的铁轨路上去了，我们踩着铁轨一步一步地向前迈去。

三叶梅树丛边，左李正琴，中李正英，右李正翠

李正云和他的三层楼住房

约 5-6 分钟后，又走到缓坡路上面去了，李朝明停住脚步说："二姑，你看！山坡下的三层楼房就是我的家。"我驻足一看："哟！变化真大！转眼间住上三层楼房啦！我可没有忘记 27 年前你们刚来攀枝花市的那艰难困苦的日子呀！"

……

1988 年初，我老娘又犯病了。累得筋疲力尽、干瘦如柴的我，真是支撑不住了。我把希望寄托在了忠厚老实、勤劳善良的李正云身上。便去信让他也来攀枝花市协助照顾一下重病的老娘。当他们真的拖家带口的来到攀枝花市之后，我反而感觉到自己走了一步险棋。他那四口之家的吃住行怎么办？还有那两个没有户口的孩子在矿区是不能入学的呀！弟弟、弟媳都没有文化，没有手艺，无特殊技能，在城市里怎么生存下去？我家也很拮据，无力资助他们。尤其是老娘回过一次农村折腾得她老人家更苍老，全身均成了皮包骨了。尽管我给她加强营养，送医院去及时治疗也只能是治标不治本，更不能治根。当年面临困窘的我，只好千方百计地托人先给李正云那两个农村来的孩子办理好落户于城市郊区的农村户口的问题。那年代，只有农村户口才能进入攀矿教育处所属的学校里去读书。户口办好之后，李桂华入学初中，李朝明入学小学啦。

当年，他们的住房也是我偶然遇到两个无户口，不能上小学读书的可怜的姐弟俩。我帮助他们解决这姐弟俩入攀矿一小学读书的问题，他们的父母也帮助我解决了李正云这四口之家的住房问题。李正云到建筑工地去打工了。张其秀就在她住地附近开荒种菜，养鸡鸭，还经常到菜市场去卖菜，换得一些钱

中李翰灵，左右是他的同学

李正云、张其秀卖豆腐、卖凉粉、卖磨芋

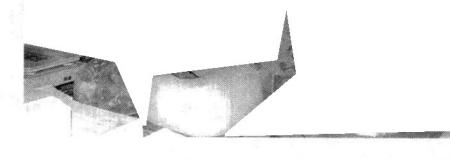

之后，他们就开始做豆腐。刚开始，李正云每天早上早早的挑着两桶豆腐脑儿，到各个居民点去叫卖。再以后改做豆腐、做磨芋、做凉粉去卖。从用石磨推磨黄豆，改进到了用电磨来磨碎泡胀了的黄豆粒儿，效率提高了。李正云老俩口，李朝明小俩口，这四位大人每天都起早贪黑地忙碌于他们做豆腐的家庭手工作坊中去了。正上小学四年级的小孙子李翰灵，只得自力更生，自食其力，成了"小鬼当家"的小主人了。

他们做的豆腐、磨芋、凉粉口味好，很受欢迎。每天分几处销售点的货物都能卖完。他们持之以恒几十年了！靠勤劳的双手，靠坚持，靠积攒着一分、一角、一元的血汗钱才有了今天的三层小洋房。又因为李朝明是城郊农民户口，才有权申报建造住房的土地。虽然，房屋内部"软件"还不够完善，外观也有许多地方还要改进，但是这栋小楼确实是他们白手起家的财富，是他们勤劳致富的象征。

第二节　锦绣山河

一、翻天覆地的变化

攀枝花市发展快，变化大。作为老一代"攀枝花人"的我，回到这个城市反而找不到方向了，无人领路，定会寸步难行。

（一）昔日的瓜子坪公园变成了常隆庆公园

20多年前，我的家就住瓜子坪，那公园是我常去观顾的地方。如今，池塘被填平了，正门口矗立着勘探矿产业专家常隆庆老前辈的塑像。这位毕业于北京大学地质系的

常隆庆公园

高师，在30年代初担任西南地质研究所的所长时，同刘之祥教授等人，用六年时间深入到如今攀矿开采铁矿石的地带勘探出来了铁矿的储量，并著书于后人。解放后新中国地质精英们沿着他绘制的铁矿储量分布图，踏着他们的脚印揭开了曾经驰名于世的钒钛磁铁矿区的面纱。可以说，有了矿业史上老前辈的魂，才凝聚起来这座新型的钢铁之城。

  如今的常隆庆公园已经是绿茵成林、鸟语花香的好地方。地面宽阔、美观、舒适平坦，正是这个片区的人锻炼身体、打拳、练功最佳的地方。据说，每天晚上七点钟后就热闹起来了。这里变成了唱歌跳舞的大舞台。尤其是退休人员积极性特别高。难道他们在无忧无虑的舞步中找回了自己的青春吗？难道他们陶醉在优美、喜悦的歌声中找到了健康、延年益寿的"秘方"了吗？

（二）一处更比一处强

在攀枝花市，像常隆庆公园一样热闹的地方真不少。还有更美丽、更繁华的地方。

2015年3月13日下午7点多钟，李正云带我徒步来到炳草岗竹湖园公园。我见到了更美丽的公园。19:30有人打开音响，欢快嘹亮的歌声在空中缭绕起来。不一会儿，住在附近的人们络绎不绝地走出家门，来到公园里喜开颜笑地跳起舞来。

2015年3月15日20点，我的学生贾晓红和她丈夫王国栋开车把我俩带到民族风味餐厅，品尝

竹湖园公园

市中心广场

第九章 18年后回乡记

风味自助餐。随后又把我俩带到市中心广场，这里灯火明亮，人声鼎沸，高楼大厦外墙的光电效应把整个广场照亮了，如白昼一样的明亮。广场上，大街上，犹如过节一样热闹，广场上的人们踩着鼓点节奏整齐、轻快地跳起舞来。很有激情，很壮观！我站在高高的坡坎上，不由自主的说："今天是什么日子？像过年一样！怎么会有那么多人跳舞呢？"站在我身后的人抢着回答："我们这里，天天都这样热闹……"啊，我好羡慕新时代的"攀枝花人"，多开心！他们沐浴在幸福的阳光下，甜蜜幸福地过着每一天。

二、林立的高楼大厦

18年后，这里发生了翻天覆地的变化。在瓜子坪，在马兰山，在炳草岗，在临江路，在机场路的沿线，在米易的街上……凡是我见过的地方，随处能看到高楼大厦。还有那雄伟壮观的奥运会世博馆……看得我眼花缭乱，看得我心潮澎湃。尤其是我的"亲人"们及其后人，绝大部分

市十五中学正前方的高楼（右灰色楼为十五中新的教学大楼）

奥运会世博馆

都住上大面积的高层，他们比我的住房条件都好。

　　50年前，这里遍地荒芜、穷山秃岭，是起伏延绵的山峦险境。当年成千上万的精英强将们，用自己的双手雕塑起来了一座举世闻名的"象牙微雕钢城"。

　　50年后的今天，钢材低于白菜价格……为了扭转亏损的现象，只能转型升级换代。聪明的新一代"攀枝花人"大兴土木建造高楼，植树造林，种植花草，种果树……他们把穷山恶水之地，当作可以用来刺绣的一匹锦缎。心为针，手为

炳草岗的部分高楼（图中李正云）

第九章　18年后回乡记 | 163

线，千针万线刺绣出来一座新型的"锦绣河山之城"。

第三节　历史的丰碑

一、亲情

说真的，动身之前反而顾虑重重，思绪万千。18年已过，那片高山峡谷之地，真的能像广告词中所说的那样好吗？住在那里兄弟姐妹中，也有七老八十的人呀！我的到来，会不会影响双方老者的健康？这把年纪的人，再也经不起折腾的呀！

2015年3月11日那天我刚走到李正云的房门前，突然前呼后拥的跑上前来一大帮人。他们争先恐后的前来迎接。有的老者脸上的年轮，头上的白发

从左至右，刘英，其子胥霄洋，其丈夫胥三强

（亲情）前排左起，曾丽，孙建蓉，李正琴，李正翠，李正云，冉靖非，李正英，唐雪枚；后排左起冉少先，胡继承，蔡耀志，冉友先，冉蓉平

在诉说着沧桑岁月的变化。也有不少美貌如花的小辈们蜂拥而来,而且每个人都精神饱满,骨子里充满了喜气,我也被融化到那"久违"的亲情之中去啦!

说话间,我的侄儿媳妇赵玲,是心灵手巧、精明能干的好媳妇。她亲手烹饪好了香喷喷的一大桌美味的家乡菜肴。入席后,真让我老俩口着实地饱餐了一顿家乡的味道。

没有想到以后的几天里,被这些亲人们天天轮流着请去吃饭。从3月11日起到3月18日离开攀枝花市为止的七天之间,我俩几乎天天被这里"亲人"、"友情"群体邀请去享受着饕餮盛宴。尽管我俩严格管住自己的嘴巴,严格管住自己的肚皮,一过称,体重还是增加了。

最让我难忘的是我们五个兄弟姐妹带着自己的配偶会聚在一个包厢间里,进餐时那欢乐、诙谐、

左至右,刘英,其母李正琴,其父刘昌钰

(晏桌上)左蔡耀志,中冉靖非风趣演说,右开心笑的李正英

第九章　18年后回乡记　｜　165

（凉亭）从左至右：李正英，李正琴，赵玲，李正翠，张其秀，李桂华

幽默的场面，因为没有小辈们在场，这帮老家伙就信口开河，东扯西聊起来了。我那"雄才大略"的姐夫冉靖非，虽然曾经在省厅级工作过，因为是地主出身的人，历史上不被重用，是个"怀才不遇"的人。在农村更为突出，做梦都没想到我们这些"地主出身的下贱群体"还能遇到一代一代的优秀明君。政策好！在民富国强的当今社会里，每个人都能坦言面对现实，都能心情舒畅讲述着过去事、当今事、未来事。

冉靖非以东道主的身份，口若悬河地讲演

了一番。他的"脱口秀"快赶上周立波了,他那诙谐风趣的"小品"快赶上赵本山了。可惜,当时未带录音机,没记录下来他那妙语连珠的方言语句。我隐隐约约记住了几段童谣。什么孙中山闹革命靠的是流浪汉,毛泽东闹革命靠的是穷光蛋,蒋介石闹革命靠的是地、富、反、坏、大财团;什么毛泽东杀老虎,邓小平放老虎(让一部分人先富起来),有的领导养老虎,习近平全方位的抓老虎,给予严惩、严办。

在席间没有人去评价每个人发言的对与错,只听见哄堂大笑,笑声不断……愿欢声笑语捻结的亲情代代相传。

(三口之家)从右至左,李思雄,其妻冉小青,其子李昱杉

二、友情

2015年3月12日早晨，因牙痛，我匆匆忙忙往瓜子坪医院走去。刚到医院门口，迎面走来一位美貌女性。她边走边上下打量着我，突然拦住我问："你是李老师吗？你教过我的地理课。"我惊喜地望着她："你是谁？在哪儿工作？"她回答："我是王晶，我16岁时你给我们班上过地理课。我在成都工作，因母亲有病才回到攀枝花市的。我都快退休了，也许有几十年了，我都没有见过你的面，你到哪里去了？太好了！难得今天又见到你。"我很激动！感激这位可爱的学生，能在茫茫人海中辨认出我这个老家伙！便随手给她拍照后，我又着急的往医院里走去。可惜没有留下她的电话和地址……

2015年3月16日，我被钟礼彬、崔坤燕、李恒健、钟莉、张

（几十年的学生）王晶

龙君五位学生邀请去吃特色铜火锅。这五位是1986年高三文科班毕业的学生，迄今已过29个年头了，他们还没有忘记这份难得的师生友情。

钟礼彬，曾经是我文科班的班长。1986年考上了师范院校，大学毕业后，教过书，当过校长，当过攀枝花市西区副区长。目前在市政府任职。我祝他健康，祝他前途无量！

其他学生也都是英姿迈往之人，超逸非凡之人。他们

（师生情）从左至右前排，李恒健，钟莉，崔坤燕，李正翠，钟礼彬，后排左张龙君，中蔡耀志

（市中心广场合影）左至右，蔡耀志，李正翠，贾晓红

（机场路上）攀枝花树

在攀枝花市的建设、发展、壮大的过程中功不可没。我祝他们以年轻的心态，勇往直前的心态，去战胜人生路上的难关！

三、花舞人间

2015年3月14日，我那冉友先侄儿，开着爱车把我们带到机场路去游玩。途中，车开到他家门口，停车后，领着我们上了电梯进入他的居室内喝茶、聊天。我参观了这高雅、漂亮的居室。感慨地想："这几天我参观过几家'亲人'们的住宅，发现一家更比一家强。我这一辈子也没有享受过这么好的住房条件。"

汽车环绕着盘山公路旋转而上，我看到沿途的景色真美丽！有的路段上种植的是粗壮高大的攀枝花树，正绽放着大朵大朵的攀枝花。有的路段两边整齐排列着刺桐树也开出密密扎扎的朵朵红花，把这里点缀得更加鲜艳。汽车开到叫作"览月山庄"石碑

（机场路上）刺桐树

前，我们又步行在这个叫"阿蜀达"的地区，这是少数民族管辖地区。据说这里原来是漫山遍野的芒果树林区，为了开发攀枝花市的旅游事业，便把原来的芒果树全部"迁移"到更远的山区去了。如今，这个山区地带种植着从国外引

进来的奇花异草。引进了许多适合于攀枝花市地区的气候和土壤条件的各种花卉，其目的是要打造成漫山遍野的鲜花盛开之地。让这里呈现出花的海洋，展示花舞人间的神仙世界。我们三姐妹就在这个神仙世界里留个影吧。

（最高点花的海洋）从左至右，李正英，李正翠，李正琴

第九章 18年后回乡记 | 173

阿蜀达地区花圃

第九章　18年后回乡记

马踏飞燕奖碑

四、旅游

  120多万人口的攀枝花市，旅游事业发展快，而且还被评为"中国优秀旅游城市"，给予"马踏飞燕奖碑"竖立在市中心广场。游览的景点特别多，各具特色的旅游项目也很多。因为是山区，景点的辐射面很宽阔。

  （一）历史篇：①攀钢工业示范旅游点；②三线建设博物馆；③湾丘"五七"干校旧址。这些景点，能回味那个年代里曾发生过的可歌可泣的历史故事。

（二）少数民族区：①普威彝族风情旅游区；②白娜姑民族风情度假村；③迤沙拉民族生态旅游区；④格萨拉生态旅游区。能让人品味不同民族的风土人情，可探讨不同民族的文化特点。

（三）丰富的温泉浴：①红格温泉，这是一处规模较大，设备比较完善的温泉浴景区，是度假的好地方；②东南的格地温泉；③西北的彝族温泉。

（四）自然风光旅游景点：①龙潭溶洞省级风景名胜区；②二滩国家森林公园；③大田石榴基地。此外，还有30多处可游览的名胜地带，我不再累叙，留给有兴趣的朋友自己去寻找吧。

还有，我在火车上看到米易打造了许多漂亮的高楼大厦，是"候鸟"度假居住的好地方。

红格温泉（资料）

五、蓝天白云

攀枝花市，远离沙尘飞扬，远离湿润性气候带，属于干燥的河谷气候地区。全年处于日照时数较长的条件下，丝毫见不到雾霾的出现。所以这里常年见到的总是蓝天白云，充足的阳光使这里

炳草岗公园

攀枝花大学附近

178　攀枝花市的崛起

的水果特别香甜。那甜甜的小番茄叫人回味无穷。当地的香梨比新疆生产的香梨还香甜。

攀枝花市"打的"起步价1.8元,出租车司机服务态度特好!还义务导游。杭州市"打的"起步价11元,相差6.1倍,也许他们的能源丰富,也许是那边的钱比杭州的钱经用些?全市的公交票票价1元,也有老年免费卡,不优惠外地人。杭州市公交、公园票对全国老人是免费的。

(五兄弟姐妹)前排从左至右,李正琴,李正翠,李正英;后左胡继承,右李正云

碧绿的雅砻江水

六、重返二滩

2015年3月14日下午,我们驱车来到二滩水电站附近,爬上山坡,登高远眺,看到了那240米高的混凝土双曲拱坝。可谓亚洲第一,世界第三高的水坝。

可这里见不到发电厂的厂房,因为厂房完全建筑在打通左岸山体的山洞之内。两岸山体内部都修建了一条大型导流泄洪水道,可预防百年一遇的特大洪水。

我重返二滩水电站,虽然是雅砻江的枯水季节,未能见到波澜壮阔、雄伟壮观的泄洪场面。可是,我见到了碧绿的江水,岸边含苞欲放的花朵,那烟波浩渺的人工湖,让我心旷神怡。

我们驱车沿着雅砻江的上游而去,看到两岸的山体,就是二滩水库的挡水墙。查看地图，发现这里天然河道两岸的山体就是水库的挡水墙，西到渔门港，东到南坝码头，约有上百公里的江河水与二滩水电站那240米高的主体大坝的水道是连通在一起的。

欧洲施工人员曾住过的房屋，左胡继承，右李朝明

天然江河水与主坝库水汇集形成烟波浩渺的大水库，其总库容量为58亿多立方米的储水湖泊，确实比杭州西湖的库存水量大18倍。

看到1987年9月开工时，欧洲施工人员居住的房屋了。美观、舒适，现在有的作为旅游度假住房，也有的已经是当地的农民住房了。

二滩湖畔花朵

还看到，就在这附近开辟的"二滩国家森林公园"的一部分了。这个公园占地面积732.4平方公里，据说春节前后，来这里游玩的人很多，乘船游湖的人也不少。

七、丰碑

（一）三线建设博物馆

"三线建设"是中国共产党高层领导人与前苏联共产党领导之间在斗智斗勇的较量中形成的产物。

镜头退回到60年代末70年代初，中苏关系恶化的悲情往事。

在我国的西北、东北一带，同前苏联有漫长的边界线。原本是友好相邻的安全地带，蓦然反目成仇！就在边界线上，双方屯兵百万。紧张形势升级到了一触即发的战火啦！如果中苏之战真的打起来了，后果将不堪设想。

因为那场战争就在我华北平原、东北平原。华北平原是我国的首都北京所在地；东北平原是我国的粮仓，是我国能源基地，

三线建设博物馆广场，展示旧火车头（图中蔡耀志）

广场上展示的部分大炮

是重工业基地,还有保密军事工业、飞机制造业、船泊制造业等,那都是我国的经济命脉。

那时,伟大的中国共产党高层领导人力挽狂澜,英明、果断地决定:派重兵严防死守我边防国土,决不允许胆敢入侵的"虎豹豺狼"踏入半步!同时把在华北、东北的保密军工业、飞机制造业、重工业……能迁入内地的尽快迁入内地的二、三线地区,继续建造厂房,继续开工搞生产运动。

四川省内,有的是崇山峻岭,构筑了层层的天然掩护屏障。这里有的是三线建设最佳选择的好地方。因此,当时开发攀枝花铁矿,建造攀枝花冶炼钢铁工厂的任务便成重点工程了。

博物馆外观，图中从左至右为蔡耀志，李正英，李正琴

那时从全国各地抽调来了数十万人参与夺钢大会战，夺肥煤大作战，修建成昆铁路大会战，改造成昆公路大会战……在后方马不停蹄、快马加鞭地大搞工业建设，开发资源的三线建设大军们，创造了许多人间奇迹！他们每位参与者都有许多写不完的英雄故事。如今，坐落于攀枝花市的三线建设博物馆的馆内收藏了那段历史中最宝贵的历史材料。据说，馆内的展品许多是老一代的攀枝花人自愿捐赠的。那都是历史的丰碑，确实值得人们去认真参观。

(博物馆入口)前排从左至右,李正翠,李正英,李正琴;后排从左至右,李正云,蔡耀志,胡继承

去体验在祖国最艰难困苦的时期,那些钢铁般意志的人,是如何用自己的双手垒砌了耸立在大后方的经济长城。还有那三线建设博物馆,成几何形的外观有点像中国美术学院高师们的建筑风格,也有点像英国泰坦尼克号的船坞设计师的手笔,给人们留下许多想象的空间。

(二)建川博物馆聚落

2015年3月21日,我的侄女婿李思雄,开车送我们来到了建川博物馆。我们买好入馆门票,仔细查看门票上各馆的分布图。乖乖!已经开馆的就有20多处。还有一处正在建设中的"日本侵华罪行馆"。图上还有果园、桂花树林、纪念报纸展销中心、文化研究中心、工农兵旅馆、阿庆嫂休闲庄、人民公社大食堂……也就是说还有20多处可以休闲、游玩、餐饮和住宿的好地方。偌大一个博物馆展

建川博物馆，图左胡继承，右蔡耀志

区真了不起啊！

　　我们聘请了本馆导游，一路给予讲解。还买了观光车的乘车票，这样就可以快速多参观几个展厅了。结果发现忙碌了一天，只参观完四个展厅就到了闭馆时间了。当天，我们选择参观的是2号展厅"正面战场馆"，9号馆"三寸金莲文物陈列馆"，11号馆"5·12汶川地震博物馆"，15号馆"红色年代章钟印陈列馆"。我们紧赶慢赶的，还是到了临近闭馆的时间了。我飞快跑

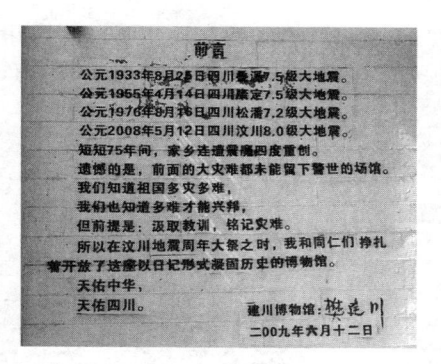

第九章　18年后回乡记 | 187

到了"抗战老兵手印广场"，叫美女导游给我拍张相片后，依依不舍地向馆门出口处走去。

导游说："乘观光车，连续用三天的时间才能参观完的。"我对自己说："我争取下次住在馆内好好看个够。"

汶川地震救出猪崽运到馆内喂养到今，取名"猪坚强"的它已是特大肥猪了

创办这座偌大的建川博物馆的樊建川先生是一位了不起的英雄人物！他把自己做房地产时赚来的资金，无私地投入到建设这个规模宏大的建川博物馆的项目之中去了。他的公益行动，他那正能量的传播，他那爱国之心，感动了许多人，有人融资给予合作！有人协助收集展品！我虽然没有看完，但我已经感觉到这是摆在成都平原上的最深刻、最有历史意义的教科书。

作者